紅《べに》差《さし》指《ゆび》

紫藤錬鳳

Shito Reiho

文芸社

紅《べに》差《さし》指《ゆび》・目次

花霞

秋桜が風に誘われるように揺らぐ九月の頃、静かな眠りに満ちた部屋のカーテンを勢いよく開け、健康そうなナースがさわやかな声で、

「お早ようございます。体温計をどうぞ」と、一人一人の枕元に置いていく。

一瞬、今自分が何処にいるのか、確かめるように、天井から白いカーテンへと目を動かし、頭の上に、「西村冴子」と黒のマジックで書いてあるネームプレートを見つめた。

手を伸ばし、脇の下へ何も考えずに体温計を入れ、日に日に痛みが引いて行くのがわかる、下腹の重い感覚に、今日で一週間と数えた。

子宮筋腫で子宮を全摘し、もう女で無くなったような気がしたのに、それでもやはり、自分は自分であるという、所在無い感覚に戸惑っていた。

体温と脈を若いナースに計ってもらい、又、今日一日が始まるのだ。

そう、ここは婦人科の、ある四人部屋の病室である。痛みに引きつれたお腹をかばうように、ゆっくりと、顔を洗いに行き、鏡の中の化粧の無い、そばかすの浮いた顔を見つめ、「冴子、早く元気になろう」と、自分に言い聞かせるように、呟いた。

朝食をとりに食堂に行き、冷えたトーストとハムエッグとパックの牛乳のお盆を持って、窓際の席に着いた。

熱い白い御飯に、焼き魚と味噌汁とおしんこで食事をしたいと、思いながらも、お腹が空いて全部きれいに食べてしまうのは、内臓は健康な女である証拠なのだろう。

化粧も無い四十二歳という中年の女である冴子。渡されている何種類もの薬を飲み、又、ゆっくり歩いて自分のベッドへと戻る。

一週間前は、激しい痛みと点滴で、夢うつつであったのに、今日はもう歩いて、食事をしている。時というものの有り難さに、心から感謝の気持が湧いてくる。

この部屋にいる四人の女性。皆、筋腫か卵巣膿腫で手術し入院しているのだ。

四人に一人が子宮筋腫で、現代病と言われる婦人科の病気。子宮が無くなった事に、さほど、深い悲しみは無かった。何より、身体の痛みよりも、もっと深い心の痛みを経てきた冴子。子供を一人産んでいるし、永年連れ添った夫との表面上は穏やかな生活があるのに、激しく苦しい恋を経た女にとって、恋の終わりと共に、もう子宮はいらない物であった。

午前中、高校生の娘の光が訪ねて来た。

「ママ、どう? まだ痛いの? 今日は学校が休みなの。何かいる物ある? 今日は、梨とシュークリーム買って来たわ」

自分にとって、たった一人の娘。もう、二度と出産という事を味わえないであろうと思うと余計、光が大切な宝物のように思えるのであった。

学校での話、冴子が入院している間、来てもらっている実家の母の話、光の大切な茶色のゴールデンレトリバーのアインシュタインの話、夢中になって話す娘の、くるくると変わる表情を見ているだけで、幸せに満たされる。

まだ、七日しか離れていないのに、愛《いと》しさに微笑みが湧いて来る。

そんな二人の様子を部屋の女達が見ていた。

「又、明日来るね。夕方だよ。楽しみにしててね」と言うと、にっこり笑って、バイバイと手を振り、病室を出る時、

「どうもお騒がせ致しました。さようなら」と、軽く会釈し帰って行った。

健康的な若さが病室から消え、又、静かな部屋へと戻る。

隣のベッドの女性が、

「いいわネ。お子さんがいて……。私は子供を一人も産まないで、女で無くなってしまったわ。可哀そうな私の子宮。妊娠の喜びも、出産の苦しみも知らずに終わってしまったわ。でもこれで本当に諦められる」と、さっぱりした口調で言った。

「私の主人は、私より八歳も年下なの。私、再婚なの。子供が欲しかったわ。あの人の子供が……。どんなに望んだか。でも、出来なかったの。あの人と一緒に、不妊の治療も受けたけど、もう疲れてしまったの。そうしたら、卵巣膿腫で全摘。本当にさっぱりした……。もう無理をしなくて済むのですもの。もう、誰からも、お子さんはまだ？　とか、早く産まないと、辛いわよ、とか、余計な事を言われなくて済むもの。子供で、年下の夫を繋《つな》ぎ止めようとしなくてもいいのですもの。私は私という女で、夫を愛せばいいのよね。そうでしょう？」と、言いながら、青白い化粧の無い顔に涙がこぼれた。

冴子は、どうしていいのかわからず、ただ頷いて、その女を見つめていた。

「御免なさい、泣いたりして……。誰かに聞いてもらいたかったの。子宮を取った女にしかわからない、女の悲しみを……」

その時、冴子は、もう無いはずの身体の奥の子宮がキュッと痛むのを感じた。

涙を流す女の肩にやさしく手をかけ、

「早く元気になって、男を愛そう。貴女は貴女。私は私。女である事に、変わりはないわ」と、自分に言い聞かせるように言った。

ベッドに横になり、この三年間、自分に起きた事を、目を瞑《つぶ》って思い出していた。

国際特許の弁理士事務所に、秘書として勤める冴子。

この一ケ月の休みは、自分の為の充電の時と割り切って、のんびりしようと、心に決めたのだ。

そうしないと、自分自身を、どう仕様もないところまで、追い込んでしまいそうだった。

日米構造協議の後のアメリカから、特許権侵害の訴えで、日本の各企業は、頭を痛める場面を迎えてしまったのだ。

そんな企業の役員である山崎達也に逢ったのは、忘れもしない、冴子の三十九歳の誕生日を迎えた数日後であった。

初対面の山崎の印象は、冴子は随分と企業人を見ているはずなのに、激しさを内に秘めながらも、穏やかな大人の男としての山崎に、魅力を感じたのは事実だ。

押さえ目の濃紺のスーツに、渋い品の良いネクタイを締め、穏やかな物腰、それでいて何より、眼鏡の中のやさしげな瞳。

そんな温かい目差しで見つめられた事は無かった。

仕事を持っている女を見る男達の目というのは、何処か、女の部分を無理矢理、探し出そうとする。

まるで、自分の男としての能力を誇示するような、それでいて、女の弱い部分を見つける事によって、安心感を味わおうとするかのような、一種独特な目で見るのであった。しかし、山崎は違っていた。

仕事を遣《や》り遂《と》げてきた自信と、男のプライドに毅然とし、その中に人間としての余裕さえ感じられた。

女を愛しいと思い、愛して来たのであろうか……。

温かい心の流れを感じる事の出来る男であった。


何度目かの来訪の時、先生が急な電話で、暫くお待ち頂く旨を告げに行った時、応接室に飾ってある絵を見て、

「シャガールのオペラ座ですね」と、一言、言った。

お茶を出しながら、

「はい。シャガールがお好きですか?」と言う冴子を、眩しげに見つめた。

「うん。好きだ……。貴女は?」

「はい、とっても……」と、言葉少ない会話を交わした事を覚えている。

テーブルの白いレースの上のクリスタルの花瓶に活けてある、トルコ桔梗の淡いピンクと、霞草が、まるで冴子のようであった。

冴子は、シャガールの淡い水彩画的な絵が好きだった。

山崎のやさしい心が感じられる一時であった。

時によっては、クリムトや、エゴンシーレにも魅かれるが、安らぎを求めるのなら、やはりシャガールである。

山崎と同じ感性を持った事に驚き、又、うれしくもあった。

そんなある日、山崎から事務所に電話があった、先生にではなく、冴子にである。

シャガール展へ一緒に行こうという誘いであった。

冴子はうれしかった。

自分を覚えていてくれた事が、又、同じ感情を持つ事に山崎も気がついていた事が……。

寒い木枯しの中、渋谷で待ち合わせる事にした。黒のカシミヤのコートの下に、深い紫色のスーツをシックに着こなす冴子は、ほっそりとして、素敵であった。

冴子はいつも、一人で絵を見に行く。何故なら、側にいる人の事を忘れてしまうからだ。絵に酔ってしまう。しかし、山崎と一緒にいる事は自然だった。

冴子が絵に夢中になっているのと同じように、男も側に冴子がいる事を忘れて、絵に魅せられていた。ジェラシーを感じる程、魅せられていた。何時の間にか手を繋ぎ、その繋がれた手の熱ささえ、忘れてしまう程、絵に神経が集中し、それでも、手は離れなかった。

山崎の顔は真剣で、まるで、女を愛している時のような顔をしていた。きっと、冴子も男に抱かれている時のような顔をしていたのだろう。

美術展を見終え、軽く食事をした。

うす暗い、キャンドルの灯りの中で山崎は言った。

「今日は、ありがとう。一つ一つの絵に、こんなに純粋な気持で感動した事は、久しく無い。何でだろう。貴女が側に居てくれたからだろうか」と、疲れた口調で言った。

特許の問題の難しさを知っている冴子は、やさしさを込め、

「私もです。自分でも驚いているのです。絵の中の恋人達が、まるで、そう、何と言ったらいいのか……」

言葉を選んでしまう。

「それから……」

「私達に、ほほえんでいるみたい」と言い、恥かし気に、俯いた。

「僕もそう思った。絵を見ている貴女の横顔は素敵だ……」

「お仕事が大変なので、お疲れなのですわ」

と、やさしく応えた。

食事を終え、ワインの心地良い酔いに、頬をうっすらとピンクに染め、冴子は久しぶりに、幸せな心に満たされていた。

明日は早朝から会議があるという山崎と、又、会う約束をして別れた。

冴子にとっては、少し物足りない思いがしないでもない別れであった。

あくまで、紳士である山崎。

そう。それでいいのだ……。

たとえ、砂のようであっても、冴子には家庭がある。ほんのつかの間の、心のときめき、潤《うるお》いでいいのだ。

激しい恋は、憧れはするが、許されない事なのだ。

楽しかったという、その想いで充分なのだ。

冴子には、家庭があり、仕事もある。朝早く起き、娘とアインシュタインに食事をさせ、お弁当を持たせ、送り出す。

それから、洗濯物を干し、軽く掃除をし、冷蔵庫の中を確認し、自分の仕度をし、出かけるのだ。

夫の浩は、単身赴任で大阪にいる為、一〜二ケ月に一度しか帰って来ない。

夫が大阪に行って、半年もした時であろうか。いつもと違う夫に、心の距離を感じたのは、物静かな冴子の、女の直感であろうか。

夫には女がいる、と思ったのは、ベッドの中で肌で感じる不協和音であった。

悲しい女の感性なのだ。

夫の心は今、私に無い。たとえ、どんなに繕《つくろ》っても、心は別の処に行っている。

妻と遠く離れ、寂しさと、愛に飢えた男ではなく、満たされているのに、夫としての務めとして妻を抱いている男の抱き方、永年一緒にいる妻には、又、離れている妻だからこそ、わかる事であった。

庭の辛夷《こぶし》の白い花が、まぶしく思え、春の日差しに心が浮き立つのは、季節の移り変わりのせいだけでは無いと、冴子自身、一番良くわかっている事であった。

何度かの山崎との逢瀬。そして、昨晩、越えてはならない一線を、二人して越えてしまったのだ。

昨夜はシックなベージュのスーツに、パールのイヤリングをし、冴子は品の良い人妻の落ち着いた雰囲気を漂わせていた。

いつものように食事をして、山崎の行きつけの銀座の店で、歌を歌い、ダンスをし、楽しんでいた時、山崎の顔見知りの男達が入って来たのだ。

山崎は、挨拶をし、姿を消してしまった。

その後、店のママがこっそりと、外で山崎が待っている事を耳打ちしたのだ。

冴子はママと二人で水割りで乾杯し、そう、まるでママの友人のような振りをして、店を去ったのだ。

その時、山崎という男の、冴子の知らない立場を改めて知らされたのだ。

何か割り切れない思いで店を出、外にいる山崎の顔を見た時、

「私達、逢ってはいけないのね」と、強い口調で言ってしまったのだ。

「御免。余り、会いたくない男達なのだよ」と言う山崎の辛そうな顔を見た途端、すべて

を許してしまったのだ。

二人、肩を寄せあって歩きながら、何度か接吻を交わした。やるせ無い思いが、二人を自然とそうさせたのであろうか。

やさしい、相手を思いやるような接吻であった。

「送って行くよ」

タクシーを拾い、二人が帰りやすい駅まで行った時、かなり、お酒の入っている冴子は、「このまま、私を帰らすつもり?」と、思わず言ってしまったのだ。

山崎を困らせてみたかった。

「わかった。もっと送って行くよ」

又、タクシーに乗り直し、冴子の家の方に向かった。しかし、途中で降ろしてもらい、二人して隠れるように、暗い小さなホテルへ入ったのだ。

誰にも知られたくない。知られてはいけないのだという緊張感が、二人を危険な状態に導いてしまったのであろうか。

それとも、たとえそうであっても、逢っていたいという崖に立たされた想いが、そうさせたのであろうか。

お互いに家庭を持ち、社会的な地位も名声もあり、分別のある大人の男と女であるはずなのに、離れがたい、又、お互いにそうしなければ、もう逢えないような、追い詰められた想いが、二人を燃えたたせたのだ。

鍵を開け、何もためらわずに、男の後から部屋に入った。

お互いに、見つめ合った。

そして、強く強く抱き合い、激しい燃えるような接吻を交わした。

男は上着を脱ぎ、ビールを出し、無言で二人乾杯した。そして、又、強く抱き締められ、男の厚い胸に身体を預けた。

男は薄明かりの中で、冴子のスーツのボタンを一つ一つ、愛しさを込めてはずし、その後、スカートが足元に落ちた。

うすいベージュのレースのスリップ姿の冴子の身体の曲線を両手でなぞり、

「本当に、きれいだ」と、感嘆するかのように呟くと、又、抱き締め唇を重ねてきた。

男はシャワーを浴びに浴室へ行った。

小さな暗いホテルなのに、部屋の中は、きれいだった。壁には、東郷青児の果無《はかな》げな女のリトグラフが飾ってあった。

そして、大きなベッド。

冴子が想像していたラブホテルと違って、落ち着いたモノトーンの世界であった。

男がバスルームから出た後、ためらいながらもシャワーを浴びに行くと、体内から、真っ赤な鮮血が出ているのに気がついた。

予定よりずっと早い。

残念に思う気持と、今夜はこれで、何も起きないという、安心感に、何故かホッとし、それで良いのだと、自分に言い聞かせた。

ベッドに入っている男の横に、そっとスリップ姿の身体を横たえ、

「御免なさい。私、生理が始まってしまったのです」と、必死とも言える口調で、冴子は詫びた。

「何もしないよ。貴女がいやなら……」と、男は穏やかな口調で言った。

初めてホテルに入った男と女が交わす会話で無い事は、冴子にもわかっていた。

しかし、男に抱かれる事を拒んでいるのでは無く、嫌われたくないという思いが、そう言わせたのだという事を、わかってもらいたかった。

「本当に、御免なさい」と、甘く囁くように言った。

男は答えの代わりに、女を強く抱き締め、接吻をしてきた。

理性のある大人の男と、女であるはずなのに、肩ひもをはずし、白い乳房に伝う男の唇、そして、少しずつ下へと降りて行き、下着に手をかけるのを、冴子はやさしくとどめ、激しい呼吸を押さえるかのように、

「駄目、本当に駄目なの。許して……」

と、哀願するかのように、苦しげに囁いた。

その女の唇を、男は唇で強くふさぎ、

「僕は構わない。君が欲しい」

「私も貴方が欲しい。でも、今日は駄目。貴方、きっと、がっかりなさるわ。私を嫌いになってしまう」

「そんな事無い。どうしても、君が欲しい」

そうして、二人は激しく抱き合い、何もかも忘れ、波に揺られ、結ばれたのだ。

白いシーツに残る真っ赤な鮮血の跡が、初めて男と結ばれた処女の証のように、男には思われたのだ。

越えてはいけないと思いつつ、二人して越えてしまった。

しかし、罪悪感は無かった。

何かが、二人の間で始まったのだ。

それは何なのだろう。

ただ、魅かれ合い、興味を持つというのでは無く、お互いに血みどろの獣のような性の世界の中で、裸の男と女として求め合い、真の姿を見せ合った。

それなのに、愛しさが込み上げて来るのは何故だろうか。

夫しか知らない女にとって、初めての経験であり、又、深い戸惑いでもあった。

人生経験の豊富な山崎にとっても、新鮮な感動であった。

この初めての夜が、二人の人生にとって、真紅の鮮血と同じ、激しい愛の世界へ踏み込む第一歩である事に、まだ、気が付いてはいなかった。

燃える男と女が、二度目に逢うのに、時間はかからなかった。

冴子は恐る恐る未知の身体で感じる、愛の世界へ導かれていった。

男も、そんな女の虜となり、奈落の世界へと、落ちて行ったのだ。


女が男を愛するって、悲しい。身体の底から、愛する男を求めて止まないのだ。

山崎と住む世界が余りにも違い過ぎると、わかっているのに、それでも求めてしまう女の性。ただただ男からの連絡を待ち、人目を忍んで二人で過ごす激しい一時。

危険とわかっていても、どんどん溺れて行く。

「私、貴方に何も求めない。私を嫌になったら、どうか捨てて下さい」

と、言い切る冴子の言葉に偽りは無い。だからこそ、今の私を愛して……。

今だけでいい、今という時を燃えさせて、という激しい願望が込められているのだ。

男にとって、そんな女が愛しい。愛しくてたまらない。

自分という分別のあるはずの男が、どんどん底無し沼に落ちて行くような、自虐的とも言える、心地よい感覚が身体中を駆けめぐるのであった。

社会的な名声も、経済的な物も手に入れ、何も望む物は無いはずなのに、冴子という女と出会い、溺れて行く。

そんな男としての自分の姿を想像するだけで、快感に近い思いが全身を走るのである。

今まで、自分という男は、何事も、真摯に前向きに生きてきた。人より激しい情熱を内に秘め、愚直でありたいと願い、誠実に生きて来たつもりである。

もう、自分にとって、上るべき階段は無く、何れ、今の地位を退き、子会社の役員として出る予定である。まだ、仕事に対する情熱は失せてはいないが、若い時と違い、穏やかなものへと、移り変わっている事は事実なのだ。

そんな時、冴子と巡り合ったのだ。

前世からの赤い糸で結ばれているとさえ思える程、のめり込んでしまったのだ。

慎ましい人妻の落ち着きと、仕事を持っている女性の利発さを兼ね備えた冴子。そんな女が、自分に抱かれた時には、身悶え、自分を激しく求める一匹の雌へと変身する。

何度目かの逢瀬で、冴子はこの世と思えぬ程の快感を全身で感じてしまった。

その激しい渦の波が、一波、そして又、一波と、何度も何度も押し寄せては、返し、浜辺に打ち上げられた。

うっすらと紅色に染まった女の肌と、激しい息遣い。そして、余りにも切なげな冴子の表情に、男は魅せられてしまったのだ。

快感に打ち震える冴子の、あの淫靡な音楽を聞きたい、もっと聞いていたい。

男は狂ったように女を抱くのであった。

嵐のような宴が終わった後、冴子の瞳に涙があふれてきた。男は驚いた。

冴子が泣くなんて、信じられない事だ。

「どうして泣くの？」

「うれしいの。こんなに感じる事が出来て……。貴方に心から感謝しているわ」

冴子の頬に伝わる大粒の涙を、男の太い指で拭き取り、その頬に唇を押し当てた。

愛しさがあふれ、強く抱き締め、唇を合わせた。

冴子の身体は素敵だ。子供を産んでいる女の身体は柔らかく、そして強く激しく男を包み込む。

一つ一つの女のボタンを押すと、期待以上の反応が返ってくる。冴子の女の官能の一点を探す。そして、その一点が線になり、立体となり、やがて男の身体全体を包み込み、いつの間にか、女を感じさせていたはずなのに、自分が夢中になって溶けて行くのだ。

そして、帰る時が近づくにつれ、離れがたい想いに捕われるのであった。

口づけを交わし、

「今日は、ありがとうございました。お休みなさい」

「うん、お休み……」

もしかしたら、もう二度と逢えない日が来るかもしれない。

ふっと、そんな寂しい気持が湧くのを、押しとどめ、笑顔で別れるのだ。

山崎との逢瀬は、なるべく娘の光の塾のある日にしていた。

前もって言ってあっても、一人でドアを開け、待っているのは、犬のアインシュタイン。

そんな帰宅を迎える寂しさは、きっと、母親でありながら、燃える女である冴子には理解できない、悲しい思いであったのであろう。

たとえば、仕事で急に遅くなる時、必ず仕事先から電話を入れるのに、男と逢っている時は、電話をしない。

男と別れた後、駅から入れる電話は、言い訳がましく、いつもとは違うのだ。

子供心にも、思春期の光には、敏感にその違いがわかるのであった。

おとなしい、どちらかと言うと、優等生的な良い子の光は、内に秘めた激しさを持っている娘であった。

男に抱かれた後、化粧を直し、いつものキリッとした女に戻ったつもりでいても、又、駅から家に帰る道で、月の光を浴びながら、母親に戻ったつもりでいても、何故か同性にはわかる、危険な女の匂い。

いつの間にか傷つけていたのかもしれない。何が母親を変えて行っているのかは、わからない。わかりたくもない。

しかし、変わっていっている事は、どうしようもない事実なのだ。

たまに、夫が自宅に帰ってくる週末。心の奥深い想いを隠し、夫と娘との一家団らんを楽しむ。

山崎の為に作る事は決して無いであろう手料理を、心を込めて作る。決して、誰にも気付かれてはいけない、許されない心の想い。忘れるのだ。山崎の事は、一時でいいから、忘れるのだ。

しかし、一人、風呂に入った時、冴子を待つ夫を思うと、深い悲しみに襲われるのであった。

夫は私を愛していないのに、私も又、夫を愛していないのに、どうして義務的に抱かれねばならないのか。

この肌、この身体は山崎の為にあるはずなのに、今夜は、夫の為にあらねばならないのだ。そう、私は妻なのだ。夫に抱かれる女なのだ。

そう思うと、まるで娼婦のような自虐的な思いが、身体中を走るのであった。

夫との性は、慣れ親しんだ穏やかなやさしさの籠った抱擁であり、安心感である。

決して、夫が嫌いな訳ではない。

ただ、女として夫でない男によって、目覚めてしまったのだ。

悲しい女の性《さが》なのだ。


月曜日の朝、早く家を出る夫と娘を送り出し、深い絶望感に捕われる。

良心の痛みと、どうにも止めようも無い女の想い。

その葛藤に苦しむのである。しかし、それさえも、甘美な想いに変わって行くのだ。

自分は変わってしまった。

どう仕様も無い女へと、深いぬかるみへと溺れていく。しかし、その姿も自分なのだ。

貞淑な妻、そして良き母親、それも自分の一面でもあるが、性に溺れる雌犬のような女の姿も、又、自分であるのだ。

男も家庭人となる週末を迎えた後の月曜日、冴子の夫が大阪に発った朝、必ず電話を入れてくる。

「逢いたい……」と。

押さえた心を隠しに隠し、それでも嫉妬の心が湧いて来るのであろう。

お互いに、仕方の無い事と思い、諦めているのに、どうしても押さえる事のできない感情なのである。

月曜日の夜の逢瀬。

それはいつも、

「御主人は帰って来たのか?」

「ええ」

「貴女を抱いた?」

「いいえ」

「うそだ。抱いたはずだ。感じた?」

「いいえ、何も感じないわ」

「うそだ」

「本当よ。貴方でなければ、私、駄目なの。私の身体はもう、感じないの。悲しいけど、もう駄目なんです」

「感じたい?」

「ええ、貴方と……」

そう言いながら、嫉妬というスパイスに、刺激され、男との会話だけで、二人は高まりながら、愛撫に濡れにぞ濡れ、溺れていくのであった。

「毎日逢いたい。お顔が見たい。貴方に抱かれたい。でも、それは無理な事。わかっているのよ」と、歌うように冴子は言う。

「僕だって同じだ。貴女を抱きたい。そして、貴女を僕のものにしたい」

「今を精一杯、燃えて燃え尽くしたいの。お願い。感じさせて」

「冴子、愛しているよ。誰にも渡したくない。御主人にも……。それを言うと、貴女が辛くなる。でも、言わずにいられないのだよ」

「私、貴方を愛している。心から……。心と身体で、誰にも負けない位……」

「御主人に申し訳ない」

「それは言わないで。私が愛しているのは、貴方だけだもの」

獣のような一時を過ごし、そして、やるせ無い思いに浸り、それでもすぐ、心から相手を愛しく思い、帰る仕度をするのであった。

うす暗がりのライトの下で抱き締め合い、お互いをいたわるような、やさしい接吻を交わし、エピローグの幕が閉じるのであった。

許されない男と女。

どうしたらいいのだろう。しかし、答えは無いのだ。そして、一月、二月と、過ぎて行くだけなのだ。

側にいてくれるだけでいい。

何も望まない。

答えはそこに行き着く。

耽楽的に、性の世界に溺れればいいのに、心までが溺れるから、辛くなるのだ。

「貴方、どうか、私を性のみの女と思って下さい。お願いです」と、言った事がある。

その時の男の怒りは、計り知れないものであった。

「君は、僕をそんな男と思っているのか」

「それしか無いのよ。私達……」

女は男の胸に顔をうずめ、

「その方が、気が楽になるわ。ねえ、そうでしょう。私を弄んで下さい。どうぞ、飽きたら、捨てて下さい」

悲しいけど、それでいいのだ。どうにもならない事は、冴子自身、一番知っている事ではないか。

　休日の土曜日、狂ったようにピアノを弾く。山崎への想いを打ち消すかのように、乙女の祈り、花の歌、月光のソナタ、ショパンの即興曲と、娘の頃習ったピアノに、すべての想いをぶつけるかのように、激しく弾くのだ。

　山崎を愛している。この想いは、誰にも変える事は出来ないのだ。

　たとえ、地獄に落ち、身を焼かれようと、甘んじて受けるより他に無いのだ。

　犬のアインシュタインは、静かな瞳で、そんな冴子を見つめている。

　ピアノを弾き終えた冴子に近寄り、やさしく身体をすり寄せてくる。

「ママ、どうしたの？　僕はママが大好きだよ」とでも言うように。

　アインシュタインを抱き締め、軽く鼻先に接吻をし、

「お前はやさしいのね。大好きよ」と、やさしく言うと、犬なのに、まるで冴子の保護者のように、冴子を包んでくれる。

　ある逢瀬の時、男は、

「君の身体は本当にきれいだ。透けるような白さ。この青く透きとおった乳房の血管」と、
冴子の白い身体の線を、愛しさを込めて、唇でなぞりながら、

「貴女が自分でする姿が見たい。お願いだ……」と、言った。

「そんな事、恥かしくて、出来ない。私、本当に出来ない。でも……。どうしても、貴方が望まれるのなら……」

冴子は、愛する男が望む事は、たとえ、秘部を見せる事さえ、いとわない。

うす暗い部屋の、大きな鏡に映るベッドの上の白い裸体を見ながら、自分自身の秘密の場所に手をすべらせ、何も考えずに、ためらいがちにやさしく手を動かし始めた。

白い美しい魚が泳いでいる。深いブルーの海の底を自由に、身体をくねらせながら……。

男の熱い視線が痛い。

どの女にも、奥底に深く隠れひそんでいる魔性の淫さが、冴子の理性を黒く塗りつぶして行く。

冴子の手は激しく動き始めた。

いつの間にか、男の存在を忘れ、肩で息をし、止めようも無いほとばしる激しい高まりが来た。静寂の中に、冴子の切なげな、あの淫靡な音楽が響き渡った。

そして、その後には、静けさの中で、冴子の深い激しい呼吸の音だけが残った。男は共鳴するかのように、自分までが息が出来ない程の息苦しさを感じたのだ。

それはまるで映画のセピア色の一こまを見ているような、不思議な世界であった。

ただ、心からきれいだと思った。

そして、高まりの後の冴子の身体に一気に突き進んで行き、冴子の襞に包まれ、激しく動き、押さえようもない、暴力とも言える高まりに暴発してしまった。

冴子も声を上げ、あの深い快感に溺れたのだ。後は、二人の激しい呼吸する音が余韻として残った。

性に溺れるとは、こういう事を言うのだろうか。狂おしく、激しい嵐が去った後の静けさの中で、二人裸体を寄せ合い、お互いの心臓の音を身近に感じ、愛しさにあふれる思いに満たされて行く。

「ありがとう。素敵だった」

「私、恐い……」

山崎の胸に、顔を強く押しあて、低い声で呟いた。男に強く抱き締められ、心に温かさがしみ込み、漸く落ち着く女の心。

激しい性の宴の終わった後に広がるセレナーデ。うす暗がりの中の静寂に、二人して溶けて行くのであった。

仕事に疲れている、男の硬い肩を揉み解《ほぐ》しながら、冴子はやさしい心に浸されていくのであった。つかの間の逢瀬に、女として心から喜びに満たされ、帰路に着いた。

郊外の駅から、自宅までの十分ちょっとの間に、女から母へと変身する冴子。

母親の顔へと変わるのだ。

駅からの道すがら、月見草が月の光を浴び黄色を輝かせて、咲いている。導かれるように足早に、家路へと向かった。

しかし、その夜は、いつもと違っていた。明かりのついた玄関には、夫の黒い靴があり、光の笑い声と、夫のやさしい父親としての低い声が響いていた。

「ただいま。遅くなって、御免なさい」

冴子の声に、アインシュタインが走って来て、冴子の周りを、まとわりつく。光の笑顔と、夫のまぶしげな瞳に迎えられ、一瞬、フットライトを浴びたような目眩を感じた。そう、私は女優なの。先程の獣の女を隠し、演技する女になるのだ。

母親と妻の仮面をかぶり、やさしい笑顔を見せ、

「今日は忙しかったわ。貴方、どうなさったの」

「随分遅いね。僕は、明日本社で会議があるので、急遽、東京に帰ってきたんだ。もう遅

いから、光は寝なさい。アインシュタイン、お前もお休み。僕も風呂に入って、寝るよ」

そう穏やかに言うと、夫はバスルームに行った。

冴子は、エプロンを付け、いつもより一合多く米をといだ。そして、部屋に行き、いつも一人で寝ている寝室に、二組の布団を敷いて、冴子は夫の出た後の風呂に入った。

バスルームの鏡に、自分の裸体を映し、胸に山崎との逢瀬の残りがついていないか、そして、背中にも目を走らせた。先程まで、抱かれていた男の残り香を、熱いシャワーで洗い流し、白い桃のような乳房を抱き締めた。何も考えるのはよそう。何も思うのはよそう。このシャワーの激しさで、心も洗い流そう。冴子は随分長い間、シャワーを浴びていた。

ブルーのパジャマを着、衿元まで、きちんとボタンを止めた。

その夜の夫は、冴子を抱かないで、先に休んでしまっていた。正直言って、ホッとした。山崎に抱かれた冴子は満たされ、夫に抱かれたくなかった。そっと、隣の布団に入り、音もたてずに、眠りについた。


翌朝、慌しく夫と光が出かけた後、アインシュタインを抱き締め、やさしく話しかけた。

「ねえ、アインシュタイン。ママは今、恋をしているの。お前はいけない事だと思う？

そんなママを貴方は嫌い？」

彼は、冴子の化粧の無い顔をなめ、純粋な瞳で冴子を見つめた。

「それでも、僕はママが大好きだよ」と言ってくれてるように思えた。

「お前はいい子ね」と、彼の鼻先にキスをし、抱き締めた。

この子はどんな時も私を愛してくれる。やさしい心になれる。感謝と愛しさを込めて、アインシュタインを抱き、背中を撫でた。

そして、冴子は化粧をし、忙しく出かけた。


事務所での朝は忙しい。先生の部屋とトイレをきれいに掃除し、その日のスケジュールをチェックし、先生が出勤するのを待つのだ。

たまたまその日は、接待のゴルフで先生はお休みなので、ゆっくりと仕事を片付ける事が出来た。近くの花屋へ花を買いに行き、春の香りのする黄色いフリージアと、霞草をクリスタルの花びんに活けた。電話番をしながら、パソコンを打ち、明日までに提出しなければならない書類を作り、そんな一日が終わる頃、山崎から電話があった。

彼の物静かな声が好きだ。温かい心にしみるような声が……。

今度、鎌倉か横浜に行こうという誘いであった。平日に、一日休みを取って、ゆっくり逢おうという、電話である。

前もって、根回ししないと、先生や他の事務員に迷惑をかけてしまう。かなり年配の先生は、冴子のきちんとした掃除や、冴子の入れるお茶、書類のファイルの仕方、又、電話の応対が無いと、非常に不機嫌になるのだ。

冴子は今まで、自分がひどい病気の時以外は、ほとんど休んだ事が無い。光が病気の時は、近所にいる実家の母が来てくれた。家庭と仕事を両立させるのには、非常に恵まれた環境である。山崎の都合のいい日を何日か選んでもらって、冴子の休める日を決める事になった。そして、来週の先生のスケジュールを見、ゴルフに行かれる日にした。

つつじの咲き乱れる横浜へ行きたい。その日を指折り数えて、待つ事にした。

花霞

浜松町のホームの一番前で待ち合わせ、桜木町へ出た。冴子はグレーのパンツスーツを着、衿元に黒と白の水玉のスカーフを結び、大きめのゴールドのイヤリングをし、喜びに顔は輝いていた。

五月の青空の下、二人は肩を寄せ合い、駅から近代的な白いホテルの方へ歩いた。その横から出る水上バスに乗り、山下公園へ向かうのである。ウイークデーの昼前は、人も疎らで、人の目も気にしないでいられる。ぼたん色のつつじの花に見送られながら、二人手を繋いで歩いた。

横浜の中華街へ出て、ゆっくりと食事をする事にした。ビールで乾杯し、注文した料理が出て来るのを待った。アワビの前菜から始まり、海老のチリソース、そして、ふかヒレのスープに、おこげと、二人は食欲を満たされ、幸せな気分になった。

この後、元町と外人墓地の方を散歩して、帰るという事にした。

平日を仲良く歩いている二人を、他の人の目には、どう映っているのだろう。どうでもいい事ではあるけれど、熟年の恋人同士か、それとも仲の良い夫婦と見えるのであろうか。そんなとりとめも無い事を話しながら、二人は腕を組んで歩き続けた。

元町の店で、冴子は黒のエナメルのバッグに目が止まった。

山崎は、「買ってあげるよ」と言い、店員に注文した。冴子は一瞬、ためらったが、素直にお礼を言い、品物を受け取った。大切な思い出の品になるのであろう。

腕を組んで、外人墓地から、ゆっくりした坂を上り、バラ園へと歩いた。

青空の下、二人、時々接吻を交わし、愛の言葉を囁いた。まるで、何十年も前の若い頃を、再現しているような錯覚に陥る甘い一時であった。

小さなバラ園の色とりどりのバラの花の間を歩き続けた。

「冴子、君はこの黄色のバラみたいだね」と男が温かい笑みを浮かべ、言う。真っ直ぐにのび、太陽に向け、大輪を満開とし咲いている黄色のバラ。そう、今という時を、貴方に向け精一杯咲いている女。いつの日か、枯れる事を知りつつ咲く黄色いバラのような女が、貴方を知って変わった私なのだわ。

小さな、おしゃれな喫茶店で冷たい紅茶を飲み、お互いを見つめ合い、幸せに満たされていくのであった。

いつの間にか、夕暮れに包まれ、ガラスに映る二人の姿が、だんだんとはっきりして来る頃、離れがたい想いが募り、又、二人して抱き合わずにいられないのであった。

ベッドの中で、激しくお互いを求め合い、二人だけの世界に溺れ、溶けあう男と女。

楽しかった今日一日の出来事を、秘密の引き出しの奥深くにしまい込み、帰路に着くのであった。他人のように、別々に電車に乗り、途中で降りる男と、お互いに目で別れを告げ、冴子は軽く会釈をした。

その後、暫く、山崎からの連絡は無かった。冴子は、逢いたい想いが募りながらも、あの楽しかった横浜での一日を思い出し、男からの連絡を、密かに待ち続けていた。

山崎の会社は、やはりアメリカから特許権の侵害として、賠償金を請求された。それも多額である。企業の経営陣の一人として、頭をかかえてしまう大問題である。

山崎はそんなある日、高校、大学と同級であった高木から電話をもらったのだ。高木は大手の証券会社の経営陣の一人として、やり手の出世頭であった。しかし、そんな彼が、株の取引の不祥事の責任を一切負い、会社を辞めたのは、一年前の事である。

お互いの家が同じ沿線にあるので、途中下車し、小料理屋で会う事にした。

「元気そうだね」

「うん、落ち着いたよ」

あの頃、新聞をにぎわした男とは思えない程、穏やかな顔をしていた。今は、趣味である俳句の会に入り、静かな生活を送っていると、高木は言う。

「今思うと、悪い夢を見ていたように思える」

派閥闘争に負け、責任を負わされ、辞職したあの頃の、一歩も外に出られずやつれ切っていた高木とは、違う男になっていた。

「見栄も、プライドも、自信もすべて無くした今、俺は自分という人間を大切にして、残り少ない人生を生きようとしている」

「良かったというべきなのだろうな。以前の仕事人間のお前からは、想像できない姿だ」

「お前もきっと、企業人として上り詰めた空しさを感じる時が来るかもしれない。その時は、俺を思い出してくれ。静の毎日である今日に感謝している。そんな俺が、今、秘かにプラトニックの恋をしている。妻にも、子供にも迷惑をかけてしまった。そんな俺が恋をするのは不謹慎だと思うよ。しかし、恋なんだ」

「相手は誰だ」

「解からん。しかし、俺の俳句に応えてくれる人なんだ」

「会った事はないのか」

「無い。会おうとも思わん。いや、会いたくないのだよ」

「ふーん。今の俺には理解できないな」

「それは、今のお前は俗世間の煩悩の垢を洗いすすいでいないからだろうよ」

「じゃ、高木、お前は、すべての煩悩から、自分を解き放したとでも言うのか」

「そうだ。俺は、今までの人生を否定しなければならない経験をした。だが、すべてが無になると、又、違う自分が見えてくる。今の俺は、あの人と俳句をやり取りする事に、自分の生を見出しているのだ」

「七十歳の老女かもしれないなあ」

「それでもいい。俺にとっては、熟女のいい女だと思えるのだから……。ところで、お前はどうなんだ」

「俺も恋をしている。煩悩の世界にどっぷりと首まで浸っている。皮一枚という所だ」

「うらやましいな」

「そうでもない。現実は辛いものがある。人妻なんだ。どうにもならない。俺は嫉妬の固まりだ。俺もたいした男では無いと思い知らされた」

「それはいい事だ」

「辛く、甘い」

「どうにもならないのか」

「子供がいる」

「うまくやれよ。そうとしか言えん。俺に言わせれば、ぜいたくな悩みだ」

もう一軒はしごし、歌を歌った。どうしても、女を愛する演歌になってしまう。

「山崎、お前はロマンチストだな」

「そういう高木こそ、俳句に恋する方が、ずっと、ロマンチストだよ。俺はお前に負けた」

「求めて止まない男のロマンに乾杯」

明日は又、仕事だ。

帰り道、冴子の顔を思い出した。夜空の星が、男を見守るように、輝いている。

「俺は、なんてちっぽけな男なんだろう。愛する女一人さえ、幸せに出来ないなんて。しかし、冴子を愛しているのだ。俺は」

とりとめもない事を思いながら、夜道を歩き続けた。


夜の九時という、丁度食事の後片付けを終える頃に、夫の浩から頻繁に電話が入るようになった。まるで、冴子を監視するかのようだった。

友達からの電話が入るので、必ず光が電話を取る。そして、うれしそうに、

「ママ、パパからラブコールよ」と、冴子に受話器を渡すのだ。

大阪に赴任した頃を思いだす。

あの頃は、夫からの電話がうれしかった。毎晩、待っていたものだ。

しかし、今は、時がたってしまったのだ。冴子の心にも……。

時とは、心の傷を癒したい時には、とても大きな味方になるし、又、忘れたくない、今のままの気持を持ち続けたいと願う時には、悲しい敵になってしまうものだ。

そんな夜の九時半過ぎに、山崎から、電話があった。二日後に逢おうと言う。心の奥のときめきを隠しながら、後、四十八時間で、逢えるのだ、と、冴子の心の時計が動き始めた。

翌日、光には、事務所の送別会で遅くなる事を言い、温めればいいように、食事を用意しておこう。何を着て行こう。うす紫のペアの下着にスリップを着、深いグリーンのスーツを着よう。そんな事を考え、幸せに包まれ床につく。愛しい男との逢瀬に心をときめかす女心。鏡に映る冴子の顔は喜びに輝いている。後、何時間で彼に逢えるのだろうか。うれしい。早く逢いたい。軽く歌を口ずさみながら、仕度する冴子。何もかもが、喜びにあふれ、輝いて見える。

事務所での仕事もテキパキと進む。後、二時間後に約束の時が来るのだ。冴子の心は、山崎との逢瀬に、一直線に駆けめぐるのだった。

そして、約束の場所へ向かう一歩一歩が、力強い生命力に溢れ、もどかしくさえ思えるのであった。あの人は、本当に来てくれるのかしら、そんな一抹の不安と、会える喜びに、全身が震えるのであった。男の姿を遠くに見つけた時、ああ、あの人は待っていてくれる、それだけで、熱い想いがこみ上げ、涙が出そうになる。喜びに溢れ、輝いた女の顔は、美しい。

約束の場所に、多少の遅れがあったとしても、来なかった日は無い。そんな男の誠実さがうれしい。そして、二人、食事をし、人目をしのんで、閑静なホテルへ入るのだ。お互いの、離れていた時を巻き戻し、心と身体で再確認しあうのであった。

秋も深まり肌寒い近頃、冴子は山崎との逢瀬が今夜で最後になるのではという不安な気持に襲われる事が度々あった。何故だろう。

そんな思いが女の脳裡に、そして肉体に、克明に男との抱擁を刻み付けるかのごとく、激しく悶えさせるのであった。その激しさは二人が知り合った頃には想像もつかない炎に燃え上がるような女の身体であった。

山崎の会社は、今、激変の場面を迎えていた。どの大企業にもある派閥闘争の渦の中に、不本意ながら、巻き込まれてしまったのだ。

自分の上の先輩達が総辞職し、ただの取締役だった自分が社長の席にかつぎだされてしまったのだ。特許権侵害の多大なペナルティを負い、そして、派閥闘争で企業として、ボロボロに傷ついた会社を、立て直さなければならない。

企業のトップとして、公人として、女性問題はタブーである。今、自分がしなければならない事は、何十年といる愛する会社に命を与え、生き返らせなければならないのだ。男として、やらねばならないのだ。当然の事だが、女に係わっている暇は無いのだ。解かっている。頭では理解している。そうしなければならない事も……。

それは冴子との別れを意味するのだ。しかし、手離したくない。どうしても。

あと一ケ月先には、臨時総会が待っている。忙しい毎日になるであろう。


そんなある日、二人で楽しく飲んだ後の静かなホテルの一室で、男は何かを決心したように、言葉を選びながら言い始めた。

「冴子、お願いだ。僕に暫く時間をくれないか。会社と自分自身が落ち着くまで……」

「暫く時間をくれって、別れる事と同じだわ。私、他の誰かを好きになってしまうかもしれない。私はいや」

「よく聞いてくれ。今の僕には、時が必要なんだ」

「時がたったら、気持が変わってしまうかもしれない」

「どうして、そんな事を言うのだ」

「きっと、貴方も、私も、心が変わってしまうわ。悲しいけど、時と共に、人の心って変わるものなのよ。私はいや」

そう言いながら、冴子の目から涙が溢れて来た。子供のようにいやいやをし、泣きじゃくるのであった。そんな冴子を見たのは、始めてであった。

抱くより他にない。

ベッドに冴子を連れて行き、ほっそりした身体を抱き締め、愛しさを込めて、女の身体に突き進んで行く。いつの間にか、涙が、嗚咽が、喜びの声へと変わっていく。

今の二人には、抱き合う事しか無いのだ。

辛い想いが、肉体の歓喜へと変わっていく。その後の静けさの中で、身体が満たされ、落ち着いた冴子は、静かな声で言い始めた。

「貴方を愛しているわ。心から……。わかっているの。貴方に時が本当に必要な事が……。

でもね、人の心って悲しいけど、変わって行くものなのよ。そうわかっていても、私の事だから、一年でも二年でも待つのでしょうね。誰ともお茶にも、食事にも行かないで……」

そう言うと、悲しみに後の言葉が続かない。

「貴方に辛い想いをさせる位なら、いっそ……。いや、漸く、貴女を手に入れたのだ。離したくない」

離れがたい思いは、二人とも同じだ。だがこの世の中には、どうにもならない事があるのだ。長く生きれば生きる程、どうにもならない、この世の足枷《あしかせ》が、責任というはずす事のできない物があるのだ。

たとえ、二人で樹海の中に、手と手を取り合って入って行きたくとも、許されない物を引き摺っているのが現実なのだ。余りにも、分別のある二人は、その足枷に苦悩するのだ。たとえ、どんなに余りある常識と分別を持った男と女であっても、恋をし愛し合ってしまう事もあるのだ。何もかも捨てて、自由奔放に生きる、出来る事ならそうしたい。でも出来ない。

何年待っても、変わらないだろう。許されないのだから……。

そして、二人、別々の人生を歩むのだ。時と共に静かな思い出となり、年老いた時にふと思い出す美しい記憶となるのか、後悔となるのか、それとも、来世へと生まれ変わる期待となるのか、それはわからない。

何も無い人生より、人を愛し喜びに溢れ、又、悲しみに打ちひしがれた方が良いのであろうか。今の冴子にはわからない。ただ、冴子の女の身体は、愛する男との喜びを克明に記憶しているのだ。何時か、女で無くなり、年老いて行くのだ。しかし、記憶の中に、心と身体で激しく男を愛した事は、消える事は無いであろう。それが、悲しい女の性なのだろうか。時々、冴子は自分の女の部分を切り取ってしまいたい思いにかられる事がある。もしくは、愛する男の為に大切なその場所を焼きつくし、縫い閉じてしまいたいと……。

他の男に抱かれる事を、不可能にしてしまいたいと……。

一番の望みは、山崎に抱かれ、愛する男の精液を体内に入れたまま、女の部分を縫い閉じ、それで女として終える。それが今の冴子の望みなのだ。

もう誰とも愛し合えない肉体にしたい。

その悲しい思いは、男には理解できないであろう。冴子の若さと、その健康な肉体があれば、新たな恋をする事ができるかもしれない。けれど冴子は、山崎を愛し、そして燃え尽くし、冴子の女の人生を終わりにしたいのである。

しかし、もう暫く逢えないのだ。いや、逢わない方がいいのだ。どんなに辛く、悲しくとも、両手が恋の炎で焼き爛れようと、涙を流しながら愛しさを込めて、自分で燃え盛る炎を消していかなければならないのだ。

その時が来てしまった。

「わかったわ。暫くお逢いするのは止しましょう。仕方が無いわ。この二年間、とっても幸せだったわ。私、貴方に感謝しているの」

「勝手を言って、すまない」

そう決めながらも、総会のその日まで、時を作っては、逢ってしまう。スナックで待ち合わせ、飲んで、二人の思い出の歌を歌い、ステップを踏み、そっと、接吻を交わしてしまうのだ。

「私が貴方に言った言葉、覚えてる？　もし、貴方に御迷惑をおかけする時が来たら、どうぞ、私を捨てて下さい、って」

「うん、覚えているよ」

「その時が来たのね、ただ、私、貴方を愛し過ぎてしまったみたい。余りにも幸せだったから。いいのよ。本当に。貴方に感謝しているから。でも、正直言って、最高に愛している時だから、私、ちょっと辛い」

「まるで別れみたいじゃないか。貴女と別れる気は無いんだ。ただ本当に、時が欲しいんだよ」

今夜の冴子は、どうしても別れの歌を歌ってしまう。自分の心の炎は、自分で消そう。まるで、自分にそう言い聞かせるように、ハスキーな声で歌う。

「来週、もう一度逢おう」そう、男は言う。冴子と逢う時を作るのは、忙しく本当に大変な事なのに、山崎にしても、頭と心が一致しないのだ。手離したくない。手をふれる事が出来なくてもいいから、傍に置いておきたい。許されるのならば……。


土曜日の朝、光を学校に出してから、二人は逢った。混んだ車道を車で走らせながら、二人、手を繋ぎ合ったままであった。

話す事はもう無い。ただ、お互いの身体が求めて止まないのだ。

昼間からモーテルに入り、激しく求め合う男と女。これが最後の逢瀬と思うと、相手を愛する思いが激しく反応し、狂おしく、貪欲に性の世界に溺れていくのだ。

時を忘れ、お互いの身体を愛しむように、そして脳裡に鮮明に刻むが如く求め合う。男と女って不思議だ。明日からは、もう別々な人生を歩むのに、今は一番近しい人なのだ。お互いに何度も何度も切りが無い程、官能の波に漂った。快い疲れに身を任せ、身体を寄せ合い心まで裸になって短い眠りについた。

どの位時がたったのであろうか。目を覚ました二人は横になったまま、男のとりとめもなく話す言葉を聞いていた。

「貴女をポケットに入れて、いつも持っていたい。でも、うるさいだろうな。他の女と話をしたら焼きもちを焼いて」

「携帯電話みたいに、スイッチを切っておけばいいわ」

そして、又、やさしく接吻を交わした。男のその言葉を聞いて、冴子はうれしかった。この人は、今も私を愛してくれている。私を嫌いになった訳でも、他の女の人を好きになった訳でもない。本当に心から時が欲しいのだ。この人の好きなようにしてあげよう。自分がたとえ、どんなに寂しくとも、そして、どんな結果になろうと。

これからの離れ離れの時を埋め尽くすかのように接吻を交わした。何度も何度も交わした。山崎との接吻は好きだ。

空腹に気づいた二人は仕度し、遅い昼食を取りに出かけた。街道沿いの寿司屋に入り、ビールを一本と、赤貝、うに、鳥貝、帆立とにぎってもらった。その店には二度目である。覚えていたらしく、店主は話しかけてくる。歌の話から、映画の話まで、幅広い会話になった。古い「慕情」から「ピアノ」という映画にまで話が及んだ時、

「お客さんが求めているものは、何ですか。やっぱり愛ですか」と、真剣に聞いてきた。

「そうね、愛だわ。それだけ……」と、自分に言い聞かせるように言った。

会計をしてもらい、外に出た。時間はまだある。スナックは早くて、開いていないのでカラオケボックスに入った。缶ビールで乾杯し、お互いに好きな歌を歌う事にした。

山崎は大好きなフランク永井の歌詩の一部に、冴子の名を入れ心を込めて歌ってくれた。お礼の意味を込め山崎に甘い接吻をした。そして、悲しいラブソングを歌った。もう二度と、二人で過ごすこの時は返らないのだ。歌の合間に接吻をし、誰にも気がねせずに見つめあった。しかし、楽しい一時の幕は下りるのだ。

「帰ろう」

「ええ」

帰りの車中、言葉が出て来ない。

「私、もう泣かないって決めたの。今日は泣かなかったでしょう」

「うん」

「どうか、御身体だけは大切になさってね。無理はしないで」

「うん、無理はしないよ」

「じゃ、そこで降ろして下さい」

「気をつけて」

男の唇に人さし指を当て、その指を自分の唇に押し当てた。

男の車は夕闇に消えていった。行ってしまった。

光の待っている家に帰ろう。

夕食の材料を買い、家路に急いだ。

自分の心の炎は自分で消すしか無いのだ。光とアインシュタインの待っている我が家へ帰ろう。私を待っている。

光の好きな真鯛のカルパッチョと、ボンゴレのスパゲッティを作ろう。そして、ワインで乾杯しよう。

今日はお祝いだわ。

何の？

自分の心を消す事に決めた日なの。


家の錠を開けようとした時、錠は開いていた。そして、帰ってくる予定ではない夫の靴があり、アインシュタインが急いで迎えに来た。

「ただいま」

「おかえり」

急いでブルーのエプロンを身に付け、湯を沸かした。

夫は、どうしても話したい事があるので、東京に帰って来たと言う。

「夕食を終えたら話そう」と……。

ビールを飲みながら、アインシュタインを膝に乗せ、テレビを見ている夫。

今日の事は夢なのだ。冴子はそう自分に言いきかせ、夕食を作り始めた。

光が帰ってくれば、すぐに食事が出来るよう準備ができたのに、まだ帰って来ない。

どうしたのだろう。八時だ。

「君、待つ気持ってわかるかい？」

そう言われた時、冴子は内心、ドキッとした。夫は「寂しいものだよ」と続けた。

光は母親の私を待っていたのだ。どうして誰も私を責めないのだろう。

「君は母親として失格だ。妻としても」と。そう、責められて当然なのに。

夫は何を感じているのであろう。


光が帰ってきた。九時を過ぎていた。

「どうしたの、こんなに遅く。心配したのよ」

「ママ、御免なさい。でも由香が余りにも可哀相だから、話を聞いてあげたの」

「由香ちゃん？」

「うん、由香のママ、再婚するんだって」

「そう、早く着替えていらっしゃい。そして話を聞かせて」

「由香ちゃんって？」と、夫は聞いてきた。

「中学からずっーと一緒の由香ちゃん。歯医者さんの娘さんよ。確か、御両親別れられて
御主人は再婚されているはずよ」

「複雑なんだなあ」

「誰も傷つけないなんて出来ない事なのよ」

ワインをグラスに注ぎ、乾杯し、食事を始めた。

「由香のママってきれいじゃない。由香はいつも土日は、お兄ちゃんのアパートに行ってたんですって、ママと新しいお父さんの為に」

「お兄ちゃんは医大生よね」

「うん。恋しているママを見ているのは、ちょっぴり辛い気もしたけど、パパも再婚して子供もいるし、これでいいんだって思おうと努力しているんだって。偉いよね。新しいパパっていい人らしいよ。嫌いじゃないって。でも、ママの夫で、私のパパじゃないのは事実なんだ、って涙をこぼすんだよ。マックで今まで話をしちゃった。可哀相で帰れないよ。ごめんね。遅くなって」と、スパゲッティをほおばった。

光の言葉を聞きながら、冴子は自分の心を思った。山崎とは、決して一緒にはなれないのだ。むしろ、時を置こうとしているのだ。

黙って食事をしている冴子に、光は、

「でもね、由香、来年、うちの姉妹校のアメリカの大学に留学したいんだって。私、賛成したよ」

「僕もそう思う。きっと、彼女の人生にとって、貴重な四年になると思うよ。逃げるのでは無くて、立ち向かって行く事なのじゃないかな」と、夫が言った。

「いつの間にか、大人になって行くのね」と冴子が呟くように言うと、

「パパも来年、東京に戻る事になりそうだ」

「わー。良かったね、ママ」と、冴子に同意を求めるように光は言った。

食事の後片づけをしている間、夫と光はアインシュタインの散歩に出かけた。仲の良い父と娘。光のはしゃぐ姿を見ていて、冴子の心は、何故か沈んでいくのであった。

そう、これでいいのだ。山崎とは時をおこう。

そして、自分の心を少しずつ消していこう、と、自分自身に言い聞かせるのであった。

穏やかな休日を過ごし、夫は大阪へと帰って行った。

それからの冴子は、昼間は仕事に没頭し、夜は、光とアインシュタインとやさしい時を過ごした。

一ケ月もたった頃であろうか。マーラーの交響曲を聞きながら、本を読んでいた時、山崎から電話があった。どうしても逢いたいと言うのだ。冴子だって逢いたい。しかし、逢

えば鎮めてきた想いが又、募る。理性では、逢ってはいけないと警告しているのに、想いは糸が手繰り寄せられるように山崎の元へと行ってしまうのだ。翌日、黒地に白のストライプのスーツを着、クールに見える出で立ちで約束の場所へ出向いた。

今日の冴子は、何かが今までとは違うのだ。この一ケ月、自分の心と何度も話をした。燃える心を、自分自身で打ち消すように努力して来たのだ。光の為？　夫の為？　山崎の為？　いや、違う。冴子自身の為になのだ。

そして、愛する山崎の心が望むようにしてあげよう。山崎の心から、自然と自分という女が消えるまで見届けよう。

何も求めず、ただ受け止め、大きな愛で彼を包んであげようと、決めたのだ。

山崎はロビーで待っていた。疲れた様子であった。冴子を見つけた時、うれしそうに手を上げた。

「あの人、こんなに老けていたかしら……」と思う程、この一ケ月の時を感じたのが不思議であった。軽く食事をし、ホテルのバーへ移った。いつものダンディな山崎なのに、以前と違って生彩が無い。きっと、毎日が大変なのであろう。

「元気そうだね。きれいになった……」

「身体は元気よ。でも心は、漸く元気になったと言った方が正しいわ」

「僕は余り、元気では無い。君がいないと思うと、駄目なんだ。弱音を吐くつもりは無いが、君の顔を見た途端、甘えが出てしまう」

「私は貴方みたいに、強く無いわ。弱いのよ。本当は……。だから、自分で自分の傷を舐めるように愛しんで来たの。漸く一人、寂しさを抱き締める事が出来るようになったの」

「君は強い人だ……」

「そんな事、言わないで。私は強く無いわ。貴方、随分、疲れていらっしゃるみたい」

「自分のしている事が、空回りしているような気がしてならないのだ。とに角、君に逢いたかった。君を抱きたかった」

「私を抱いて……」

冴子はやさしい気持で一杯になった。

少年のように傷つき、疲れた男を見ていて、「抱き締めてあげたい。そして、その傷口を唇で癒してあげたい」そんな大人の女の気持がしたのだ。

女って不思議な生き物だ。

山崎に抱かれながら、快感の波に、溺れ打ち上げられても、今夜の冴子は何かが違うのだ。もっと夢中にさせて、お願い……。

男は女と逢わないでいる間、最後に逢った時のイメージの女を求めているのだ。

女は自分の心に、冷たい水をかけ、冷やそうと努力し、静かな想いへと変わって行っているのだ。その違いを感じるのは、二人の抱擁の終わった後の静寂の中での事なのだ。

今までのように、男に甘えるだけの女では無いのだ。男の顔を両手で挟み、接吻を交わし男の頬を撫ぜた。

「私の愛しい人。悲しい程、愛しているわ」

「愛しているよ。冴子がいないと、俺は駄目なんだ。疲れた……」

疲れた肩を揉みほぐし、愛しい男の身体に唇をはわせた。

愛している。

込み上げてくる想いは、誰にも止められない。この愛しい男が、私という女を忘れる時が来るまで、側にいてあげたい。

激しく求め奪おうとする愛は終わったのだ。むしろ、温かく見守る大きな愛へと変わっているのだ。自分自身、男と抱き合った後に、より強くそう思えるのであった。

肉体を通じ、愛する激しく深い愛が昇華され、透明な想いへと変わっていく。

冴子の女の熱い想いが、心の中でそう変わっていく。何故なのだろう。真の大人の女へと変化していくなんて、寂しい。

いつまでも、勝手で激しい情熱の持ち主でいたいのに、あの黄色のバラの美しさをとどめておく事は、不可能な事なのであろうか。ドライフラワーとして、死んだ花になってしまうのであろうか。

夕方の梅雨の灰色の空を見上げ、事務所から帰ろうとする冴子を待っていたのは、思いもかけない夫の浩であった。

黒い傘に埋もれるように、一人立ちすくみ、冴子を待っていた浩。

「今日は、一緒に食事をしようと思って、待っていた」

「光に連絡しなければ……」

「連絡してあるよ。ママと楽しんで来い、って言っていたよ」

懐かしい学生時代の青山通りに出た。思い出の青山通り。

一九七〇年安保の夜、大学二年の冴子は、自分の部屋をきれいに片付け、黒のTシャツにブルージーンズで、長い髪を一本の三ツ編みのおさげにし、ポケットには、ハンカチとティッシュと、一枚の五百円札を入れ、代々木公園のデモに参加したのだ。二十歳の大人の人間として、何かをしなければいけない、そんな焦りとも言える追い詰められた気持で、夕方の電車に乗ったのだ。それぞれの大学のサークルの仲間と合流し、ジョーン・バエズの歌を歌いながら、手を繋ぎ、平和の行進をしたにもかかわらず、機動隊に追われ、くもの子を散らすよう、三三五五に別れ、今はもう無い青山通りのブロック塀をよじ登って逃げたのであった。その時、冴子を先に登らせ、身体を支えてくれたのが、一つ年上の浩であった。池袋のミッション系の大学への帰り道、泣きながら歩く冴子を抱き締め、ポケットのお金でラーメンを食べたのである。

不完全燃焼のままで終わってしまった青春時代。その傷を舐め合うようにして、共有して来たのだ。

今、こうして窓の外は雨の降りしきるカフェテリヤで、お茶を飲み、そんな学生時代の思い出話をするなんて、もう、二十年も前の事なのに、不思議な事ですらあった。

「あの時、僕は君に恋をしたんだ。君を一生守り続けようってね。僕の気持は変わらないよ」

「あれから二十年。私達、いつの間にか大人になってしまったわ。光も後三年もしたら、あの時の私の年になるのね」

「久しぶりだね。恋人同士みたいに、お茶を飲むのも。十月の移動で東京に戻るよ。冴子、やり直そう、君も僕も……」

窓ガラスに水滴が流れた。灰色の空に夕暮れの人通り。何もかもが、気怠いアンニュイな感じで、冴子の心に、浩の声が遠く聞こえていた。

私は何をしたいの？

どうするの？

「冴子、明日帰るよ。今夜はゆっくり食事をしよう」

二人でレストランに入った。二人向かい合って、何を話したらいいのだろう。

「どう、貴方のお仕事、うまくいっているの？」

「まあまあだな。来年、ある会社と吸収合併するかもしれない。そのプロジェクトに参加する為、本社に戻るんだ」

いつまでも若いと思っていた浩も、少し白髪が出て、男の渋みが出て来たような気がした。こんなに、まじまじと見た事は久しぶりのような気がする。私の心は、こんなにも遠くに行ってしまっていたのだ。

自分の夫、もしくは妻以外の人に心が奪われている時は、きっと、そんな変化にも気がつかないのであろう。

バーボンの水割りと、サラダと、ステーキを食べながら、夫の熱っぽく話す仕事の話を、聞いているのに素通りしてしまう。

「君の方はどう？　先生は元気かい？」

「ええ、お元気よ。不況の風が吹き出したけど、それでも企業の仕事が入るから、まあまあじゃないかしら。先生は、穏やかでいらっしゃるから、何よりだわ」

光の学校の話、アインシュタインのお見合いの話、そんな会話を交わしながら、食事を終え、店を出る事にした。

「こんな事言ったら変かな。君を抱きたくなった」

「変な人ね。光が待っているわ」

冴子は笑いながら言った。

「誰にも気兼ねしないで、君を抱きたいんだ」

「もう遅いわ。帰りましょう」

冴子は、ホテルで浩に抱かれたら、どうなるのか、恐かった。

自分の身体でありながら解からない。

感じるのであろうか。

身体の芯が熱くなるような気がした。

「帰りましょう。光が待っているわ」と、繰り返した。

「そうだね」

やさしい夫。

冴子を、壊れそうな陶器のように扱ってくれる。でも違うの。

今の私は、獣のようにもなれる女なの。貴方はそんな私を知らないだけ。

家に帰り、夫婦の寝室でいつものように、夫にやさしく抱かれ、安らぎを感じるのであろうか。


暑い夏が訪れた頃、冴子の月の物が一ケ月たっても止まらなかった。貧血がひどく、冴子の顔は青白く病的で、透明な美しささえ、感じられた。

山崎から頻繁にかかる電話に、漸く決心をし逢う約束をした。

シティホテルの18Fのスカイラウンジで軽く飲みながら、夕焼けがゆっくりと、夜の闇に塗られて行くのを見つめながら話す二人の会話は、別れ話。

「どうして、逢ってくれないのだ？」

「御免なさい。もう、逢えないのです」

「その訳を聞かせて欲しい」

トニー・ベネットの「霧のサンフランシスコ」がムーディに聞こえる。

「貴方が嫌いになった訳ではないの。私、もう生理が一ケ月も続いているの。今日は止まるかな、って思い思いし、今日になってしまったわ。明日、病院に行くの」

「僕も行くよ」

「心配しないで、私、大丈夫だから……」

「いや、一緒に行く」

「貴方はお忙しいのよ。無理してはいけないわ。私、本当に一人で平気」

「何言ってるんだ。君一人の身体じゃないんだ」

「もう、忘れて。私の事」

「たとえ、どんな事になっても、花束持って毎日、逢いに行くよ」

「ありがとう。でも、もういいの」

罰が当たったのだ。夫以外の男を愛した罰が……。独り、傷を愛しむように、甘んじて痛みを受け入れようと決心したのだ。

「お願い、終わりにしましょう」

「どうしても？」

「御食事には誘ってね。近況報告とか、聞かせて」

「今、君は動転しているんだ。だから、そんな事を言うんだよ。君と僕は、そんな事では変わらないよ」

「御免なさい。そうじゃないの。ずっーと、思って来た事なの。どうにもならないのよ、私たち。いつまでたっても、どうにもならないのよ」

「だから終わりにしようっていうのか」

「貴方も大変な時を過ごされているわ。重荷になりたくないの、私。お願い、逢うのは止しましょう」

「君は決めているんだ……」

「ええ、どんなに辛くても、終わりにしなければ」

「ああ、許されるのなら、君を抱きたい。そして、抱いた後、もう一度聞きたい。僕を愛しているかどうか」

「私も抱いて欲しい。これから、どうなるのか不安よ。もしかしたら、大変な病気かもしれないもの。だからこそ、もう逢わない方がいいのよ」

そう言いながら、冴子は女として最後の抱擁なら、山崎に抱かれたいと、切に思った。

「私、出血しているのよ。それでも抱いて下さるの？」

「うん、出よう」

シティホテルを出て、二人がいつも使っていた閑静なラブホテルへと足が向いた。

これが最後の逢瀬なのだ。

シャワーを浴び、やはり出血している事に深い悲しみを感じ、それでも尚、愛する男に抱かれたがっている。

もしかしたら、死と直面する事態になるかもしれない。それでもいいと思えるのは、何故だろう。

悔いの無い女の人生を歩んでこれたのは、山崎のお蔭だと、今はっきりと知らされたのだ。

山崎を心から愛した。

涙が出る程、精一杯愛した。

それでいい。明日、命が無くなっても、悔いは無い。女として、一生懸命生きたのだ。

結果はどうでもいいのだ。

そう思うと、気が楽になって来た。たとえ、出血していようと、どうでもいい。女として最後の、惚れた男との抱擁なのだ。

さすがの山崎も、冴子の出血にためらいの様子を見せたが、愛する女の命懸けの想いに応えようと決心した。

愛する男にやさしく抱かれ、それだけで、幸せに満たされた。

そして泣いた。

冴子だって、本当は恐かったのだ。涙はとどまる事なく、こぼれ落ちた……。

「御免なさい、泣いて……。貴方、本当にありがとう。忘れないわ、今夜の事」

「冴子、君を愛しているよ」

「私も……。愛しているわ。本当にありがとう。もう、死んでもいい」

山崎の腕に力が入った。

冴子は、もう思い残す事は何も無い、と思った。

野分

山崎との思い出に浸っていた時、病院の一階の花屋から、大きな黄色のバラの花束が届いた。

メッセージカードには、

「早く良くなって下さい。僕の想いは変わりません。永遠に……」

と、書いてあった。

うれしかった。

女は幾つになっても、花を送られるのは幸せな事である。

今でも、私という女を見ていてくれる山崎の大きな愛情がうれしかった。

でも、悲しい事に現実は、もう今までの健康な私ではないのだ。子宮の無い、そして、お腹に大きな傷跡のある、女で無い女なのだ。

心が痛む。そして、無いはずの子宮がもっと痛むのであった。何故なのだろう。

そんな、悲しい諦めにも似た想いをしながら、午後の仮眠をしていた夕方、夫の浩が訪ねて来た。手術の時以来である。

化粧もしない、少しやつれた青白い冴子の顔を見て、夫はどう思ったのであろう。

一瞬ではあるが、同情の目差しを見せたのは事実である。

夫は幾らか頬がこけ、痩せたように見えるのは、髪が乱れている為なのであろうか。きっと、新しいプロジェクトの件で、忙しい毎日を過ごしているのだろうと、単純にしか考えなかった。

二〜三日、東京に居るとか、今夜は光と食事に行くとか、他愛ない話をした後、急に、夫は意を決したように、

「君に話があるので、屋上に行こう」と、言った。

今日は、外の空気を吸っていないので、それもいいかな、と冴子は思った。

ピンクの花柄のネグリジェの上に、やはりピンクのガウンを羽織り、夫の後について、屋上に行った。

そこは、人も疎らで、遠くに山並みが見える。

「ああ、なんて気持が良いのでしょう」

やはり、外はいい。空気が美味しい。

冴子は大きく深呼吸した。そんな冴子の姿を見ながら、夫はフェンスに凭れ、煙草に火をつけた。何も言わない夫に、

「私に話って何?」

冴子から話を持ちかけた。すると、夫は煙を大きく吐き、

「すまない。子供が出来てしまったんだ」と、ポツリと言った。

「何の事？」

最初は遊びのつもりで始まった男と女。

それが抜き差しならない状態になってしまった事を話し始めた。

何処にでもある話だ。

男が別れ話を出したら、女は妊娠していて、どうしても産みたいと言う。そして、中絶するには、もう危険な時期に入ってしまったと言うのだ。

「寂しかったんだ。こんな事になるなんて……。もし、君との子だったら……」

「止めて。子宮の無い今の私には、残酷な言葉だわ」自分でも意外な言葉が口をついて出て来た。

「その人、私より若いのでしょう。私の病気の事、知っているの？」

「知っている」

まるでメスで身を切られるように、心に痛みが走った。

仮に冴子に子宮があって、お腹に子が宿っていたとしたら、夫は有無を言わさず結論を

出せると言うのであろうか。

出産能力の無い今の冴子にとって、辛い言葉であった。

健康な女性であるのなら、たとえ四十歳を超えていようと、妊娠は可能である。でも、子宮の無い女には、どんなに若かろうと、不可能な事なのだ。年齢は関係無いのだ。

その、冴子より若い健康な女は、何人でも夫の子を産む事は可能である。

山崎への想いを捨て、夫とやり直そうと思った結果がこれなのであろうか。

「すまない。君が決めてくれ。僕には決められない」

そんな夫の言葉を、はるか遠くで聞きながら、思った。

夫は優し過ぎる。優しいという事は、私にだけでは無く、誰に対しても優しいのだ。

そして、今の冴子には、その優しさが残酷にさえ、感じられた。

「子供に罪は無い」

夫のそのとどめの言葉を聞いて、浩の心が決まっている事がわかった。

冴子は思わず言った。

「帰って……。私の前から姿を消して。お願い」涙声になっていた。

「すまない」

夫は逃げるようにして、帰って行った。

こんな場面を迎えた時、世の妻はどうするのであろう。

泣いて夫にすがりつき、

「お願いだから、私を捨てないで」と哀願するのであろうか。

それとも罵倒するのであろうか。

冴子には、どちらも出来なかった。

一人で泣いた。涙がポロポロこぼれて来る。そして、悲しい声となって響き始めたが、それは空に吸い込まれ、消えていった。

誰もいない屋上で、どんなに声を出して泣いても、聞く人はいない。

どの位、泣いたのであろう。不思議な事にすっーとして来たのだ。

その時、小さな子供を連れた別の患者が来た。その女の子はしゃぼん玉を吹いて、可愛らしい声で笑っていた。

たくさんのしゃぼん玉が空中を舞い、冴子の前にも飛んで来た。

虹色に光るしゃぼん玉は、フワフワと青空という大舞台を華麗にさ迷った。捕えようとしても捕まらない。そして、パチンと弾ける。

まるで、私の人生みたい。

私は子宮の無い女。もう子供の産めない女。なら、それでいいじゃない。

私は私。女に変わりは無いわ。

自分の生き方を見つけよう……。

病室に戻り、泣き疲れたのか、寝入ってしまった。

夢を見た。

冴子のお腹がどんどん膨らみ、妊婦のようになる。そして、弾けて、しゃぼん玉が一杯、空中に舞う。

「私の赤ちゃんなの」と、必死になって、両手でかき集めようとするが、まるで自分の意志があるかのようにフワフワと、無限の青空に飛んで行ってしまう。

その時、

「西村さん、西村さん」と、見回りに来たナースに揺り起こされた。

うなされていたのだ。

「夢を見ていたの。とても、悲しい夢だったわ」

ナースは優しい笑みを浮かべ、冴子の背中を子供をあやすように、軽くたたいた。

その夜は、精神安定剤をもらって、ぐっすりと寝た。

何も考えずに……。

手術の経過は順調で、後四日もしたら、退院だそうだ。

何をどうしたらいいのであろうか。

悶々とした時が過ぎるだけで、何も考えられない。虚ろな目差しで、溜め息ばかりついている自分の顔を洗面所の鏡に映した時、まるで精気の無い死人のように思えた。

病室に居るとますます気が滅入ってしまうので、屋上に行き、遠くの景色や、空を見ていた。

自分は、何をどうしたらいいのか、考えようとしても、わからない。何もかもが……。

しかし、この現実を受け入れなければ。

自分に自信が無くなり、無力感に襲われて行くのがわかった。

冴子、しっかりするのよ。

私には、光がいるじゃない。

あの子を傷つけたくない。

その気持で一杯であった。

朝晩に、少しずつ秋の気配が感じられ、食欲も無いのに、ただ夕食の時が近づいたので、屋上から病室に戻ろうとエレベーターに乗ったが、フロアを間違えて降りてしまった。そこは、新生児室のあるフロアであった。

冴子は、何かに導かれるように、赤ん坊の泣く声の方へと歩いて行った。

大きなガラス越しに、産まれたばかりの赤ん坊が、真っ白なベッドに、そして、本当に小さな赤ん坊が、おむつだけを身に着け、未熟児室のガラスのケースに入っていた。手足をバタバタさせ、泣いている子もいれば、スヤスヤと眠っている子もいる。一生懸命、生きている姿を食い入るように見つめた。

どの位、たったのであろう。

光もこうだった。

子供の為にだけ、これからも夫と一緒に、暮らして行けるだろうか。

出来ない。

私には出来ない……。

夫を自由に、冴子の手の届かない世界へと、送り出してあげよう。

それが一番いい答えなのだ。

その時、始めて思えたのだ。

そして、病室へ戻り、何を思ったか、入院してから一度も手にしていない化粧ポーチから、ルージュを一本取り出した。

洗面所の鏡の前で、真っ赤なルージュをかさかさに渇いた唇に、想いを込めて塗った。

その後、紅差指でやさしく愛撫するかのように、やさしくのばし、鏡の中の自分に微笑んだのだ。

まるで、

「冴子、お前はいい女だよ」と、自分に言い聞かせるかのように……。
二、三日の後、冴子は実家の母と、光と共に、秋とはいえ残暑の日差しの中、病院を後にした。
久しぶりの我が家に着くなり、アインシュタインの熱烈なる歓迎のキッスを受け、冴子は心からはしゃいで、声をたてて笑った。

心から笑うという事を、冴子は漸く思い出したのだ。

やはり、自分の家はいい。

しめじ御飯と、ぶりの照り焼き、小松菜のおひたし、しじみの味噌汁と、病院のベッドの中で、ずっーと夢見ていた母の手料理を美味しく頂いた。

「お母さん、光、本当にありがとう。心配かけて、ご免なさい。もう、大丈夫……」

「良かったね。軽く済んで……。私はこの年まで、大きな病気もしないで来たのに、娘に先に死なれたら、どうしようと心配したよ」

「おばあちゃん、御飯、お替わりするママだもの、もう、大丈夫よ」

年老いて行く母と、若さに溢れる娘の顔を交互に見て、微笑んだ。

母が帰った後、ソファに坐り、膝の上にアインシュタインを、そして、もう一方の手で冴子の肩に寄り掛かる光の黒い髪を撫でた。

静かな時を、光の大好きなラルクアンシェルのＨＩＤＥ《ハイド》の切なげな歌が、心地良く響いていた。

「もうすぐ、パパが帰って来るのですもの、ねえ、ママ。来年、アメリカのうちの大学に行っていいでしょう。この間、担任の先生と進路の話をしたんだ。行かせて……。お願い、ママの子守りは、終わりにさせて……」

ゆっくりと、冴子を諭《さと》すように言った。

夫は光に何も言わずに、いや、何も言えずに、大阪へ帰って行ったのだ。

「そう……。寂しいけど、貴女の人生ですものね」

「ママ、たった四年間よ」

光の希望に燃えた瞳を見ていると、若い娘にとっては、たった四年の年月が、身も心もボロボロに傷ついている中年の母親にとっては、四年もの年月に等しいのだ。

その違いは、天と地の差があるものであった。だからと言って、寂しい母親の側に置く為に、若い人の将来の芽を摘むなんてことは、許される事ではない。してはいけないのだ。

「解かったわ。行ってらっしゃい。ママは平気……。自信はないけど、そう、大丈夫よ……。英語、頑張ってね」

「任して！　光の成績は結構、いいんだよ。推薦、バッチリよ。英語、頑張ろう」

夫の浩に、無事退院した事を言わなければならない。

夜の九時過ぎに、会社の寮であるマンションに電話をしたが、空しくコールされるだけであった。

心の何処かで、ホッとしている自分がいる。軽くシャワーを浴びに、バスルームへ行った。

天井まである大きな鏡に、ほっそりとした自分の身体を写した。まだ顔色の悪い自分の素顔を見つめ、そして肩から乳房へ、そしてもっと下へ、視線を落として行った。息を殺し、下腹部の白いガーゼに目をやり、ためらいがちに、ガーゼをはがした。

病院で何度かその傷を見ているのに、鏡に映る自分のそれを見るのは、初めてであった。赤紫の醜い傷跡が縦一文字に、白い肌にくっきりと付いている。もう、二度と消す事の出来ない傷。

涙が一筋、こぼれて来た。

冴子は、その涙を拭こうともしないで、自分の両手を押し付け、まるでその傷を消す事を祈るかのように被ったのだ……。

退院してからの、三、四日は、野生の動物が傷を癒すように、冴子はよく眠った。

いつも寂しく一人で留守番をしているアインシュタインは、冴子がいるので、うれしそうに冴子の後を付いて回った。

光も、学校が終わると急いで帰るのであろう。駅から、

「何か買う物ある？」と電話をくれた。

そんな、朝から秋雨が降る、どんよりとした日の午後、浩から電話があった。

「退院したんだって、光からメールが入っていた。良かったね。元気になって……」

その後が続かない。

懐かしい夫の声のはずなのに、遠くに聞こえる。

「御心配かけて、すみません」

静かな部屋に、時計の音だけが響く。

「今度の土曜日、東京に行くよ。その時、ゆっくり話し合おう」

「わかりました。じゃあ……」

何を話し合うと言うのだろう。

離婚届けを郵送してくれれば、それでいい。それでいいのだ。どんなに話し合ったとしても、もう答えが出ているのだ。話す事は無い。

たった、数分の電話なのに、疲れた。

ソファに横になり、アインシュタインに話しかけた。

「もう、私を愛していないのに、パパは、来るんですって……」

アインシュタインは、話しかけられただけで、うれしそうに「撫でて撫でて」とでも言うように、冴子に手を掛けて来る。

犬の首に手を回し、鼻先に、キスをした。

その時、又、電話が鳴った。

恐る恐る受話器を取った。

山崎からであった。

一瞬、目眩がしたような気がした。

枯れる寸前のかさかさに渇いた樹木が、猛烈な勢いで、水を吸収するかのように、山崎の声が心の中に染み返るのであった。

「もう、退院して落ち着いた頃だと思って電話したんだ。具合はどうだ、心配したよ」

「御免なさい。電話しないで……。お花、ありがとう。うれしかったわ。後、十日もしたら、仕事に行けると思うの」

「無理しないで、ゆっくりしなさい。良くなったら、会いたいね。快気祝いをしよう」

「貴方は、お元気なの?」

「辛うじて、息はしているよ」

「私もよ……」

お互いに、相手の大変さは解からないが、思いやる心で一杯であった。

「又、電話するよ」

「ありがとう。声が聞けて、うれしかったわ……」

相手の受話器を置く音を聞いてから、切ろうとし、ほんの何秒か無言であった。

「貴方から、切って……」

「一緒に切ろう。一、二の三、じゃあ……」

まるで、子供みたい。

切れてしまった受話器を、冴子は、両手で握り締めていた……。


数日後の秋晴れの金曜日に、退院後、初めてきちんと化粧をした。少し頬紅を濃く塗り、明るめのサーモンピンクのブラウスに、濃紺のパンツをはき、茶のベルトをキュッと締め、ゴールドのイヤリングをし、ほんの少しシャネルのアリュールを付け、おしゃれをして、行き付けの美容院に行った。

美容院の大きな鏡に映る冴子は、だんだんいつもの華麗な女に戻って行く。
そう、冴子、きれいにおなり……。
たった数時間で、あのやつれ切った女が、いい女へと変身して行く。
素敵な事じゃない。
自分を愛する事から始めよう……。
自分自身を労りながら、でも甘やかさないで……。
もう、頑張らなくていい。
でも、負けちゃ駄目。
いい女になろう。
自分自身の為に……。
そんな、取り留めも無い事を思った。

晩御飯のおかずの買い物をし、閑静な住宅の立ち並ぶ道を歩いた。どこからかともなく、金木犀の香りがした。
秋の香りを全身に受け、冴子は自分が少しずつ、蘇って行くのを肌で感じていた。

光になんて話そう。

まだ十七歳だ。

大人の男と女のドロドロの世界の話なんて言いたくない。ましてや、父親と母親の話である。

しかし、これが現実なのだ。


光の好きなエスニックのチキンカレーを作った。冴子は敢えて着換えずにいた。

光は帰宅するなり、そんな冴子を見、

「ママ、素敵。きれいよ……」

と、抱きついてきた。

そして、

「良かった。元気になって」と、言うなり、ポロポロと涙を流したのだ。

多感な思春期の娘は、言葉にこそ出さないが、心から心配していたのだ。

冴子の心は、愛しさに熱いものが込み上げてきた。

「心配かけて、ごめんね」

「ママ、お腹、空いたよ」

照れくさそうに、光は言う。


夕食の後片づけをした冴子は、アインシュタインと部屋に行こうとする光を呼び止めた。

「少し話があるの」

「いいよ」

熱い紅茶を入れ、ソファに座った。

何から話そう。

アインシュタインは、光に抱かれ、幸せそうだ。

冴子は言葉を選びながら、

「明日、パパが帰って来るの。ママと大切な話をする為に……」

「大切な話って」

ためらいがちに、

「パパ、大阪で……。大阪の女の人に、赤ちゃんが出来て、これから、どうするか、話し合うの」

光は下を向いたままであった。

「ママはどう思うの」

冴子は答えに困ってしまった。

「仕方の無い事と思うの……」

「どうして、ママはいつも我慢するの？　どうして、パパに、ママや光の所に帰って来て、って言わないの？」

「言えないわ」

「何故？　あの電話の男の人、誰？　パパより愛しているの？　ねえ、ママ」

どうして、知っているのであろう。

光の言葉はショックであった。

空白の時をＨＩＤＥのバラードが、やさしく心を埋めて行く。

「そう、ママは、あの人を愛しているの。でも、どうにもならないのよ」

「大人って狡い」

吐き捨てるように、光はその一言を残し、部屋を出て行った。

アインシュタインは、冴子と光の顔を交互に見、光の後をついて行った。

まるで、光の心の傷の深さを感じたように。残された冴子は、頭をかかえ、何も考えられなかった。

本当に辛い時は、涙が出ない事を知った。


翌日の土曜日、冴子が目を覚ました時、光は何処に行ったのか、家にいなかった。カーテンを開けると、朝の光が眩しく、寝不足の冴子は、ノロノロとコーヒーを入れ、ソファに座った。

昼過ぎには、浩が来る。

何から始めよう……。

熱いシャワーを浴び、何とか化粧をし、自分を奮い立たせ、浩を迎える事にした。

玄関のチャイムが鳴る前から、アインシュタインは玄関から動かなかった。

久し振りに会う夫は、青白い顔の中にも、何か吹っ切れたような、意志の強さを感じさせる雰囲気を漂わせていた。

「元気そうだね。良かった……」

「お腹は？　昨日のだけど、チキンカレーがあるの。食べる？」

「うん、頂くよ」

チキンカレーとサラダを二人で食べた。

食後のコーヒーを飲みながら、浩から口火を切った。

「君の考えを聞きたい。僕は最低の男だ。君に申し訳ないと思っている」

「そうね。大人のルールを守れないのは、最低ね」

アインシュタインは、邪魔をしないように床に寝そべっていた。

「赤ちゃん、何時産まれるの？」

「暮れだ……」

「そう、私達、離婚するしかないでしょう」

溜め息をつき、浩は言った。

「会社に辞表を書いた。もう、会社にも居られない。退職する……」

「会社の女の人なのね」

「うん」

「あんなに楽しみにしていたプロジェクトも止めるの？」

それには、返事をしないで、

「退職金を半分君に……。この家も処分してくれ。本当にすまない」

「貴方、光はどうするの?」

「光は僕の娘である事に変わりはない。養育費は、送るよ」

「あの子に、昨夜、話をしたわ。傷つけてしまったわ」

「申し訳ない……」


何時、光が帰って来たのか、知らなかった。ドアが急に開いて、光が入って来た。

「パパ、どうして……。どうして、こんな事になったの? パパなんて、大嫌い。許さない……」

「光、許してくれ。お前を愛している事に変わりはない。でも、どう仕様も無いのだよ……」

「私に妹か、弟が出来るのね、それも、ママで無い女に。最低……。ママが可哀相。パパを軽蔑するわ。でも、そんな男でも、私の父親なのよね」

涙をポロポロとこぼしながら、光は叫ぶように言った。

浩は立ち上がり、しかし、一歩も足は動かなかった。それを見て、冴子の心が止め処なく冷えて行くのがわかった。

　もういい。

「光、赤ちゃんが暮れに産まれるの。悲しいけど、ママはもう、赤ちゃん産めないのよ」

と静かな声で言った。

　光は涙を流しながら、

「ママが赤ちゃんを産めないから、別れるなんて、ひど過ぎる！」

「光、それは違うわ。ママには解かるの。今、パパは、ママよりその女《ひと》を愛しているのよ。だから、その女を選んだの。ママに子供が出来ないからでは無いわ。だって、光、可愛い貴女がいるもの。パパはもう、ママを愛していないだけよ。そして、ママもパパを愛していないの」

「それでも、私……パパを許さない！」

光はそう言い放し、ドアをバタンと音を立てて閉めた。

アインシュタインが悲し気に吠えた。

「冴子、すまない。離婚届を送るよ」

まだ、自分の家なのに、浩は一時間で帰って行った。

その夜、枕を持った光が、冴子の布団に入って来た。

寂しい母子である冴子と光は、何年ぶりかで一緒の布団で寝た。

そして、足元に、アインシュタインも……。


秋晴れの青空に、赤蜻蛉《あかとんぼ》が飛び交う頃、冴子は仕事に戻った。

ありがたい事に、先生や同僚は快く、冴子を迎えてくれた。

毎日化粧をし、勤めに出る事は、冴子に程良い刺激と緊張を与えてくれた。

光は、毎晩遅くまで、一心不乱に机に向かっていた。

浩からは、印の押した離婚届けが一枚送られて来、冴子の母の所には、電話があったそうだ。

離婚届に印を押し、浩に送り返した。その数日後、浩から電話があった。

「離婚届が着いた。ありがとう……。僕は大阪で、一からやり直すよ。君と光が、幸せになる事を祈っている。君を一生守れなくて、すまない」と……。


男は離婚しても、すぐ再婚できる。

しかし、女は、六ケ月もたたないと、再婚出来ない。妊娠の問題があるとしたら、人それぞれで、これこそ、男性側の身勝手な法律であるように思える。

はっきり言って、子供の父親は女にしか解からないし、女が解からない時は、誰にも解からないのが事実だ。ましてや、結婚するのは、本人達の問題であり、再婚であろうと、初婚であろうと、変わりは無いように思えるが……。


アポイントも無しに訪れた山崎を、紫の桔梗と、トルコ桔梗と吾木香が、秋の気配をやさしく漂わせている応接室に迎えたのは、冴子が勤めに出て一週間も過ぎた頃であろうか。

先生のスケジュールを管理している冴子は、山崎が一人でいる応接室に入る事が許される。お茶を出しながら、自分でも驚く程、心がときめいた。

深いグリーンのスーツを着た冴子は、応接室の秋の気配に溶けて行くような風情であった。山崎は、そんな冴子を見つめ、言葉にならない、感動とも言える熱い想いを感じていた。

「逢いたかった。一目でいいから……」

「私も」

お互いを見つめ合うだけで、言葉が続かない。

壁のシャガールの絵の中の恋人達が、喜びに震え、熱い接吻を何度も交わしているような気がする一時であった。


二人が再び逢うのに、時はそうかからなかった。

冴子は、黒と白の縞の上着に、黒のタイトスカートをはき、きりっとした中にも、女らしさを漂わせ、ディオールのプワゾンの香りそのものであった。

落ち着いた数寄屋造りの店で、掘炬燵のテーブルに座り、薄暗い明かりの中で、二人は再会の喜びと退院を祝って、赤ワインで乾杯した。

冴子は山崎に、この夏からの出来事を淡々と話した。

「もし、私に、子宮が無い為の離婚なら、惨めで、きっと、立ち直れないと思うの。どうにもならない事ですもの。何らかの理由で、子宮や乳房を取った女《ひと》は女で無い事になるわ。子宮や乳房だけが価値があって、女の人間性は、何も無いという事になるわ。愛って何？　結婚って何？　解からなくなってしまったの」

「冴子、大変だったんだね。ただ、言わせてもらうと、男って、もっと単純だよ。好きなものは好き。愛する女は、とことん愛する。ただそれだけだよ……」

「人それぞれなのかしら……」

「女もね」

と、苦渋に満ちた遠い目をした。

冴子には、その訳はその時、わからなかった。

娘の光の話になった時、母親そのものの表情を見せ、冴子は苦悩に満ちた姿を隠そうともしないで、

「来年の三月に卒業したら、アメリカへ行くの。寂しくなるわ……。あの子は母親離れしたがっているの。問題は私にあるの。私が子離れ出来ないでいるのよ……」と、言葉を続けた。

山崎は冴子の手元にある、黒のエナメルのバッグに目をやりながら、

「横浜は楽しかったね」と、言った。

「ええ……。又、行きたいわ」

「今度、温泉に行こう。二人だけで、ゆっくりしよう」と、冴子の顔を見つめながら、言った。

その後、夜の銀座を駅に向かって、二人、腕を組みながら歩いた。そして、柳の木の並ぶ小道で、接吻を交わした。山崎の力強い抱擁は、冴子の孤独な心を蕩かし、温かく包んでくれた。

紅葉も終わり、朝晩の冷たい空気に冬の気配を感じる頃、光の修学旅行に合わせ、泊りのゴルフという名目で朝早くに待ち合わせ、山崎と伊香保の温泉に出かけた。

かなりの速度で、空も道路も窓から見える樹々までが、灰色一色の関越自動車道を、車で走った。

途中で冴子の手作りのおにぎり弁当を食べ、一本のペットボトルのお茶を、交互に飲む事さえ自然な二人であった。

仕事の事や、光の事を一通り話し終えた頃、この高速道路を走る快い振動が、冴子の身体の奥深くに眠っている、ある変化をもたらし始めていた。自分でも信じられない、あの〝欲望〟という、本当に暫く忘れていた渦が湧いて来たのである。

冴子にとって、この旅は、女としての賭けでもあった……。

急に黙ってしまった冴子に気付いた男は、

「どうしたんだ？　黙ってしまって」と聞いてきた。

「何でもないわ。でも、私、変なの……」と正直に答えた。

「何が？」

「私の身体が変なの」

以前のドライブの時にもあった出来事が、今の冴子の身体に起きている事がわかった男は、うれしそうに、言う。

「どんな風に？」

「言えないわ」

「言ってごらん。僕になら、言えるでしょう」

「いや……」

淫らな欲情という渦がだんだん大きくなって来ているのを、認めない訳にはいかなくなる程感じてきた冴子は、あの秘密の花園が濡れ始めているのが、わかった。

愛する男と、手の届く空間にいながら、高速道路を運転している男の手に触れる事が、出来ない。

そんな苛立たしさに、尚更、押さえきれないあの欲望が、ますます大きな渦となって、回転し始めていた。

聞いているＦＭのジャズまでが、ピアニッシモから、メゾフォルテと、冴子の身体を弄ぶ。

フォルテに行くには、男に抱かれなければ、行きたくても行けないのだ。

「ねえ……。私、貴方が欲しい」

迸《ほとばし》る想いが、言葉として出て来てしまった。

男は前を向きながら、冷静な声で、

「もう少しの辛抱だよ。思いっきり、抱いてあげるよ」と言った。

冴子は、男の太股をやさしく、焦らすように撫でさすった。そして、意を決したように、男のあの部分に、手を延ばしたのだ。

そこは、すでにいき衝き、洋服の上からもわかる程、固くなっていた。

愛しい男のそこに、顔を埋めたい気持を押さえながらも、冴子の手はさ迷い、顔は窓の外を見つめていた。

「冴子、止めてくれ、運転が出来なくなるよ」と言った。

「御免なさい。私も我慢する」

その後、無言で高速道路を走った。

チェックインまで、時間がある。

何処かで、ゴルフの練習をする事にした。

冴子はまだ、コースに出た事が無い。田舎の広い練習場に車を止め、シューズを履替え、誰もいない練習場で仲良く練習を始めた。力強く、音を立てて打つ男の姿を見、そのパワーで私を抱いて……と、まだ燻《くすぶ》っている欲望を感じながら、冴子もアイアンから打ち始めた。男の一打一打が、冴子の身体に響く。

しかし、冴子もあの渦を消すように、ゴルフボールを打つ事に集中していった。

額から、汗が流れて来た。

どの位、時間が経ったのであろう。空腹を感じてきた二人は、その練習場の女性に、近くの美味しい日本そば屋を聞いて、行く事にした。夕食を楽しみたいので、もりそばを軽く食べ、宿に向かった。

三時過ぎに、その宿に着いた。

感じのいい、茶室造りの玄関の傍《わき》で、お抹茶を飲み、部屋の用意が出来るのを待った。

部屋に案内され、荷物を置くなり、抱き合い、接吻を交わしてしまう二人。燻っていたあの渦が又、炎を出しながら、回転し始める。

「さあ、風呂に行こう」男は言う。

冴子も女風呂に行った。

もし、混んでいたら部屋に戻り、一人で部屋の風呂に入ろうと思ったのだ。冴子にとって、お腹の傷がまだ、こだわりなのだ。

誰も居なければいいのだが……。

仮に他の女性がいたとしても、二、三人なら、タオルで冴子の縦一直線の傷を隠し、入れる。でも、入りたくない。

誰も冴子の事なんか気にも留めない事はわかっている。むしろ、傷を見られる事より、きれいな傷一つ無い他の女の身体を見たくないのだ。その心は、女にしかわからない事であろう。

男が大風呂から戻って来ると、部屋には冴子がさっきのままの姿で、窓の外を見ていた。畳には浴衣とタオルが置いてある。

その後ろ姿に、男は声を掛ける事を躊躇う程、女の悲しみが溢れていた。

「いい湯だったよ……」

「そう……」

何時の間にか、男は居なくなっていた。冴子はお茶を入れて、一口飲んだ。すると、山崎がうれしそうに、戻って来た。

「家族風呂が今なら入れるそうだ。行こう」

男に手を引かれ、浴衣とタオルと化粧ポーチを持って、家族風呂へ行った。

そこは、一部屋分の大きな脱衣所があった。山崎は、鍵をかけ、先に裸になり入って行った。冴子も、思い切って裸になり、大きな鏡を見ないようにし、タオルで前を隠し、薄暗い浴室に入って行った。

そこは湯気でよく見えないが、広かった。滝のように流れる湯の大きな音が、響いている。蛇口から湯を出し、冴子は自分の秘所を洗い、男のいる湯船に入って行った。

「うーん、何ていいお湯なんでしょう」

「こんなに、いい温泉に入らないなんて、勿体無いよ」

「御免なさい」

「冴子、おいで……」

後から抱き締められ、湯の中で男の手が、乳房と黒い繁みを弄ぶ。切なげな冴子の吐息が湯の烟《けぶり》に溶けて行く。

「冴子、僕は逆上《のぼ》せそうだよ」

男の声に、思わず笑いながら、

「本当！　御免なさいね」と、冴子は楽しそうに言う。男は音を立て、立ち上がり、縁に座り、冴子の身体を引き寄せ、今度は、向き合うようにし、膝に乗せ、強く抱き接吻を交わした。二人の裸体の間には、愛しい男の固くなったペニスが……。

冴子は、湯の中に入り、顔を力強い男の物に近づけ、口で含んだ。今度は、男の切なげな溜め息が聞こえた。

冴子は我慢出来ずに、立ち上がり、傷が男に見える事も忘れ、自分の手で黒い繁みの中の燃えるように熱くなったあの部分に、一気に男を導いたのだ。

「あー」深い官能の溜め息を耳元で聞いた男は、ゆっくりと動き始めた。

女の迸る、あの音楽が、滝の流れの音と共鳴し合って、薄暗い浴室一杯に、強弱をつけながら、響き渡り続けた。

そして、冴子は、男に抱《かか》えられないと、湯船に沈んでしまいそうな程の脱力感に、襲われたのであった。

「ありがとう。本当に、素敵だった……」

「冴子、愛している。おいで、洗ってあげるよ」

男に支えられながら流しに連れていかれ、湯気の中に白く霞んだ冴子の、首、肩、そして桜色にとがった乳首、乳房と、だんだん下に向かって、ボディソープの付いた男の大きな手が、やさしく動く。

お腹の傷を隠そうとする冴子の手を、強く摑み、

「構わないよ、可哀相に……。痛かっただろう」と、男は低い声で言った。冴子の心の何かが、音を立てて崩れていくのがわかった……。

男の手は、止まる事無く、もっともっと下へと動いて行く。

そして、冴子の敏感な、あの花芯に到達すると、焦らすようになぞりながら、片方の手でシャワーの湯をかけ始めた。

そして、膝をつき、冴子のお腹の傷に、唇をはわせたのだ。

まるで、愛しむように……。

冴子は無防備な子供のように、立ったまま、男の頭を抱え、そして、だんだん白い両足

を開いていった。

そこには、又、すすり泣きとも言える、あの淫靡な女の音楽が心地良く、流れて行ったのだ。

滝のように流れる湯の音と、霞む湯煙に二人の淫らな姿は、誰にも知られず、まるで男と女の官能の世界そのものであった。


二人とも浴衣で、食堂の膳を囲んだ。色とりどりの料理を楽しみながら、ビールを、日本酒を飲んだ。

冴子は満たされ、頬を紅色に染め、酔った。

男も酔った。

部屋に戻り、浴衣を脱いで裸になり、二人抱き合ったまま、深い眠りについた。

熱い二人の身体が溶けて行く。

明け方の暗闇の中、二人は又、無言のまま抱き合った。

もう満足しきっているはずの女は、男を快感へと徐々に導きながら、それでも尚、求めて行く。そして、今度は、男の切なげな、あの打ち震えるような音楽を耳元に聞き、自分も絶頂へと登り詰めた。

朝早くに目の覚めた冴子は、そっと、男の腕を抜け、女風呂に行った。眩しい程の朝日の中の湯殿で、手足を思いっ切り伸ばした。何人かの女がいたが、気にもせず、昨夜の山崎との出来事を思い出していた。手術後、初めてのアムールであった。もう二度と、自分の身体は燃える事は無いと思っていたのに、むしろ、妊娠の心配も無く、何度も何度も、男の腕の中で漂った。

とに角、感じたかったのだ。理性も、何もかも捨てて、一人の淫らな女になりたかった。山崎の愛してくれたこの身体を、愛しく思い、幸せに満たされていた冴子は、どの女達より美しく輝いていた。

私のこの傷を愛そう……。

山崎の愛してくれるこの身体を。両手で自分の肩を抱き締め、窓から見える山並を見つめ、そう決心した。

十時にチェックアウトし、東京に戻る事にした。

帰りの車の中で山崎が言う。

「今朝は、一人で風呂に行けたね。良かった」と……。

「不思議ね、貴方に愛されると、私、強くなれるわ」

「男も女も、愛し愛されると、強くなるものだよ。それは、今も昔も変わらない」

「本当にそうね」

冴子は、何日か前に読んだ新聞の小さな欄を思い出した。それは、別府の温泉大浴場を、乳ガン患者にだけ開放する日のアイデアを提唱した、ある外科医師の事であった。

重要な精神的なケアの一環として、将来的には誰とでも一緒に入れる事が目標という記事であった。

年齢に関係無く、女性特有の病気で乳房や子宮を摘出した女性が、これから益々増える事であろう。

お風呂に入る事は、一つの例で、若い人なら尚更、恋愛、結婚と、数多くあるハードルに遭遇するであろう。

それらを乗り越えて行くには、誰かの温かい愛情が必要なのだ。その誰かとは、女性にとって、やはり、愛する男なのではないだろうか。ただただ甘えるだけで無く、傷つく事を恐れない強い意志と、勇気と、何よりも自分の愛情を大切にして生きていけたら、きっと素敵な女性になれると、信じている。

冴子は、そうなりたいと、心から思った。

それには、まず、自分を愛する事から始めなければ……。

冴子は、ハードルを一つ、山崎によって跳び越える事が出来たような気がした。

「ありがとう。貴方のお蔭だわ」と言う冴子の言葉を聞いて、山崎は、

「どういたしまして。僕も、君が居てくれるから、幸せになれるのだよ」と答えた。

「私は、貴方に、何もしてあげていないわ」

「僕だけを見て、愛して欲しい。それだけだ」

きっと、山崎の置かれている社会は、余程厳しいものがあるという事が、冴子にも、わかって来たのだ。


思ったより早く東京に着いた。車の中の冴子は、

「光もいないし、お礼に夕食を食べていって」

「わかったよ。御馳走になるか」

二人は、家の近くのストアーで買い物をし、山崎の好きな茄子味噌炒めを作る事にした。

家の鍵を開けるなり、アインシュタインが喜びに冴子を迎え、その後、山崎の臭いをしつこく嗅いだ。

山崎は、

「初めまして。アインシュタイン君、よろしく」と言うなり、彼の歓迎のキッスが始まった。

冴子は声を出して笑いながら、

「貴方が気に入ったのよ」と言った。

冴子はピンクのエプロンを付け、まず、米をといだ。

山崎に缶ビールと、母が漬けたらっきょうと、冷奴を出し、ニンニクを効かせた浅蜊の酒蒸しと、甘辛の茄子味噌炒めを作った。

男の顔を覗き込むように、

「どう、美味しい？」と聞く冴子に、男は「うん、うまい！」と、うれしそうに返事をしてくれたので、

「よかった……。茄子味噌に乾杯！」と、冴子は幸せに溢れた笑みを浮かべた。

冷蔵庫にあった西京漬を焼いて、若布と豆腐の味噌汁で御飯を済ませた。

車の運転があるので、コーヒーを飲みながら、ソファーに座っている山崎の肩にもたれ、アインシュタインまでが、男の膝に顔をのせ、静かな山崎の声を聞いていた。


「僕が高校に入学して間も無く、教員をやっていた父が亡くなり、お袋は金沢の田舎で行商を始めたんだ。きれいな母の白い手が荒れていくのが、悲しくてね」

今は、妹夫婦が側にいて、面倒を見ているが、一人で暮らしている事や、余り、田舎には帰っていない事を淡々と話し始めた。

「何故、帰ってあげないの？」

「一年も行商をしたかな。ある大きな商家の主人に見染められて、妾になったんだ」

「今の私より、若い時でしょう。御苦労なさったのね。きっと、一生懸命、生きてらしたのね」

「そうだね。今なら、お袋の気持がわかる……」

山崎は大学へ行かないで働こうとしたが、母親は、

「私は、あの人を愛している。一生、このままでいいの。お前は、東京の大学に行きなさ

い」

と、きっぱりと山崎に言ったのだった。

山崎には、母の言葉が信じられなかった。年の離れた妹は、時々訪れる男に、「お父さん」となついていったが、思春期の山崎には、どうしても受け入れられなかった。

しかし、ある日、小さな庭で花を見ていた二人の姿に、そして、今まで見た事も無い幸せに満ちた母の女の顔に、諦めと、哀しい程のジェラシーを感じたのだ。

それからの山崎は、猛烈に勉強し、何かから逃げるように東京の大学へ行った。

息子である自分を頼らないで、母は自分の生き方を見つけたのだ。

大学を卒業し、東京の会社に勤め、毎月、僅かではあったが、その人にお金を返していった。

父と暮らした年月と同じ位、その人と母の暮らしは続いた。

そして、その人が亡くなった時、弁護士がわざわざ東京に来て、今まで返済したお金を山崎名義の定期預金として、彼に手渡したのであった。「気持だけ頂く」という伝言と共に……。

その時、初めて、その人の深い愛情がわかったのだ。

その通帳は、勿論、金沢の母へ渡した。

その時、母は通帳を抱き締め、泣いた。父の葬式の時以来、初めて母の泣き顔を見た。

冴子には、山崎の母の気持がわかるような気がした。

女として生きる事は、余程の強い意志と、自分の愛を信じないと、難しい事である。

ましてや、山崎の母の時代背景の中で、女として生きる事は、針の筵《むしろ》であった事と、思われる。

冴子の見開いた目に、涙が溢れた。

きっと、山崎の母と、その人は、真剣に愛し合ったのであろう。

「お母さんに、会いに行ってあげて」

「ああ、会いに行くよ。お袋も、七十歳を超したしね。お袋の茄子味噌は、本当に、美味いんだよ」

「私も食べたい……」

「そうだね……」

山崎は、冴子をやさしく抱き締めた。

慌しい年の瀬を過ごし、去年とは違う、新しい正月を迎えた。

大阪の浩から、年賀状が届いた。無事、女の子が産まれたそうだ。

そう、これで良かったのだ……。

光は、卒業を控え、親友の由香と二人、アメリカへ行く為、英会話の学校へ通い、希望に燃えていた。

浩からの年賀状にも、素直に、「良かったね……」と言えるようになった。

元日の夜、山崎から電話があった。

「おめでとう、今年も宜しく、今、金沢にいるんだ。今年は暖冬でね、雪がとても少ない」

「おめでとうございます。私の方こそ、今年も宜しくお願い致します。お母様、喜ばれたでしょう」

「ああ。来て良かった。久しぶりに、のんびりしているよ」

「私も静かなお正月だわ」

「今度、金沢においで」

「行ってみたいわ」

そんな会話をし、電話を切った。

正月休みも終わり、四日の仕事始めの日、午前中から、来訪の客は絶える事が無い位、訪れた。冴子は、明るいインクブルーのワンピースに、パールのイヤリングとネックレスをし、新春の雰囲気を醸《かも》し出していた。余程忙しいのであろう。午後一番、アポイントの電話後すぐに、山崎が訪れた。ほんのつかの間ではあったが、たとえ、型通りの挨拶であっても、顔を見る事が出来ただけで、うれしかった。

数日後、銀座のホテルのロビーで待ち合わせ、寿司を食べに行った。

山崎は、今年は暖冬の為か雪は少なく、金沢の道路にはほとんど雪が無いと、遠くを見るような目をしながら、話し始めた。

「富山湾のぶりが、一番脂がのっていて、美味しいよ」

「行ってみたいわ。お母様、御元気でいらした?」

「三年ぶりで訪ねたが、ちっとも変わっていない。母も街も……」

「そう……。良かったわね」

「一月末に、金沢に行く用事があるんだ」

「君も行くかい?」

「本当? 絶対、行く。連れて行って」

「金曜日に行って、土日と一緒にいるのは、どうかな」

「楽しみだわ」


一月末の金曜日、朝早くに山崎は仕事の為金沢に向かった。

冴子も昼過ぎに東京を出、夕方の五時過ぎに、金沢の駅で待ち合わせる事にした。

上野から上越新幹線で越後湯沢で乗り換え、金沢に向かう。そこはまるで、川端康成の雪国の世界であった。

冴子は滑らないように、ゴム底の茶のブーツをはき、黒のカシミヤのコートの下は、黒のタートルセーターに、ベージュのロングスカートという装いで、新幹線の二階の隅にそっと座り、窓の外を見ていた。

都会の街並から、田畑に、そして山並へと移り変わる景色に、冴子の心は、旅の喜びに溢れていた。そんな心を感じたのか、雪に覆われた山々は、まるで歓迎しているかのように次から次へと姿を変え、冴子を迎えてくれた。

金沢駅の改札に山崎の姿を見つけた時、笑みを浮かべた冴子は、虹色に輝くオーラに包まれているようであった。

駅前のバス停から、近江市場と兼六園を通り、山深い温泉宿へと向かった。

「本当、雪が無いわ」

「これから行く所は、雪だらけだよ。明日は雪を夏まで貯蔵しておく為の氷室の祭だ」

「氷室って?」

「江戸時代、夏に幕府に氷を献上する為、雪を貯蔵していた室だよ」

終点で降り、暗い雪道を何軒か並ぶ宿の明かりに導かれるように、危なげに歩き、小さなひなびた宿に着いた。

「ここは、料理が美味いんだよ」

古い建物のその宿の太い柱は、光っていた。小さな旅館と思ったが、廊下を渡ると離れの部屋がいくつかあった。隣の部屋とかなり離れている贅沢な造りに、夜目にも目を見張る思いがした。

「素敵」

案内された部屋は、落ち着いた数寄屋造りであった。

まず、荷を置き、温泉に入る事にした。

山に囲まれた女湯は、ガラス張りで、透明な溢れる程の湯に満ち、暗い外の露天風呂は、静寂の中に流れる湯の音だけが響いている。

遅い到着の為か、誰もいない雪に囲まれた露天風呂に入る冴子の白い裸体は、湯に染まり、雪山に隠れている男の精霊に、かどわかされてしまう程の美しさを醸《かも》し出していた。

湯を出た冴子は、浴衣に丹前を羽織り、淡く紅を差し、夕食の膳を囲んだ。

御造りは、冬の富山湾のカニ、ぼたん海老、ぶりと、海の幸で見事に彩られていた。

一切れずつ口に運び、満足気に頷く冴子を、山崎は愛しげに見つめ、酒を口を運んだ。

「明日は、雪の兼六園に行こう。冴子と歩きたい」

「何もかもが素敵……今日のお仕事はうまくいったの？」

「ああ、こっちで会社を経営している大学時代の友人と会った。何れ金沢で仕事をする事になると思う。冴子の為に、夜の誘いは、断ったよ」

「まあ、ありがとう。うれしいわ……」

微酔《ほろよ》い加減で、お互いに酒を止め、料理を楽しむ事にした。

「兼六園の後、お袋に会いに行こう。もし、君が嫌でなければ……」

「私なんかが、お伺いしていいの？」

「友人を連れて行くと言ってある」

山崎の言葉を聞いて、急に酔いが回って来た。冴子には、山崎が何を考えているのか、わからなくなっていた。

食事を終え、寄り添うように並んで敷いてある布団の部屋に入ると、山崎は窓を開け、酔いを覚ますかのように、冷たい夜の空気を大きく吸い込んだ。

そして、冴子を抱き締め、息苦しくなる程の濃厚な接吻をした。

そして、雪一面に被われた山々が息を潜めて見ているのも構わず、冴子の浴衣の胸をはだけ、白い桃のような乳房を痛い程、吸った。

窓を閉めた後、帯紐が解かれ、それは音も無く床に落ちた……。


朝早く湯に漬かり、朝食を済ますと宿を後にし、朝一番で兼六園に行った。

静寂の中を二人、掻き分けた雪道を、朝日を背に無言で歩いた。たった二人だけの白い世界は、冷たい程の高尚な侘び、寂の趣を漂わせていた。

緋寒桜の小さな蕾を目にした冴子が、

「この桜が満開に咲くのを、貴方と見たいわ」と、呟くように言うと、

「桜は咲き忘れる事は無いよ。又、二人で来よう」と、山崎はやさしく答えた。

そして、兼六園を後にし、山崎の母の待つ実家へと向かった。

金沢の駅に戻り、今夜泊まるホテルに荷物を預け、ハンドバッグ一つで出かける事にした。

文ふみ

香か

金沢駅からのバスを降り、五、六分歩くと、高い塀に囲まれた閑静な家に着いた。軒並の狭い道の両脇にはまだ雪が随分とあった。

「僕が子供の頃は、正木の垣根だったんだが、興味半分で覗《のぞ》く人がいてね。母が嫌がって、換えたんだよ」と言う、その塀は、かなり高く、古くて重い感じであった。

古い慣習で縛られた金沢の田舎では、さぞかし、人の噂にのぼった事であろう。

そんな中で、母子、ひっそりと暮らしていたのであろう。

玄関の戸は、塀と同じ、世間を拒絶するかのように、しっかりとした木の造りで閉じていた。それこそ、鳥ならともかくとして、猫の子一匹たりとも、出入りの許されない様《さま》であった。

チャイムを鳴らし、インターホン越しに話すと、少し間を置いて、鍵をはずす音と共に戸が開いた。

そこには、小柄な雪の精のような、老女が温かい笑みを浮かべ、立っていた。

山崎の後ろに、まるで隠れるようにいる冴子に、一瞬驚きながらも、

「いらっしゃい」と、何とも言えない、やさしい声で迎えてくれた。

「こんにちは。初めまして……」と、言いながら、軽く礼をした。

冴子は、この後、何ケ月も、何年も、時が経つにつれ、この時をはっきりと想い出す。大切な人との最初の出会いとは、そんなものなのかもしれない。

「遠い所をようこそ……」と言いながら、母屋の玄関へと歩いて行った。

足跡一つ無い雪の中に、木々や石の灯籠があった。真っ白な雪と静寂とが入り混じり、冬には、冬の顔がある庭のような気がした。

玄関を入ると糠で磨ききった古い床と、九谷焼の花柄の花瓶に活けてある、濃紅の山茶花に迎えられた。

「おじゃまします」と、一言言って、内心ブーツをはいて来た事を後悔しつつ、四苦八苦しながら、それを脱いだ。そして、脇に寄せた。

山崎は、そんな冴子を見つめ、声を出して笑った。

冴子は顔を赤らめ、

「本当！　お行儀悪くて、御免なさい」と言い訳がましく言うと、

「雪が深いから、東京の方は大変でしたでしょう」と、山崎の母が助け船を出してくれた。

「金沢って、もっと雪の多い所と思っていました」と、冴子は、緊張が少しずつ解《ほぐ》れていくのを感じた。そして、玄関の脇の掘炬燵のある和室に案内され、改めて挨拶をした。

山崎は、

「こちら、西村冴子さん。お袋の作る茄子味噌が食べたくて、東京から来たんだ」

「初めまして、突然、お邪魔してすみません」

濃い目の熱いお茶に、抹茶と潰《つぶ》し餡《あん》が絶妙にマッチしている金沢のお菓子を頂いた。

「達也さんは、どんな料理より、お袋の茄子味噌が一番と、いつも言われます」

「まあ、どうしましょう」と、山崎の母は童女のような、うれしそうな顔をした。

それを切っ掛けに、打ち解け、輝くような真っ白な御飯とぶりの照り焼き、金城漬、きれいな彩りの麩の入った吸い物で昼食を御馳走になった。

忘れてはならない。

山崎の母の作った茄子味噌は、やはり美味しかった。

洗い物を手伝いながら、

「料理は、やはり愛情なんですね」と言う冴子の心からの言葉に、山崎の母は、

「達也も漸く、その事が解かって来たみたい……」と、冴子の顔を真っ直ぐに見ながら言った。

そして、

「私の事、園《その》と呼んで」と、続けた。

冴子は思わず、

「ありがとうございます」と答えてしまった。園さんは、あのやさしい笑みを浮かべていた。

週二日、通いのお手伝さんと、達也の妹が来る以外、一人でひっそりと、日本画を描いたり、俳句を作りながら、暮らしているのだ。

奥の洋間に案内されると、描きかけの絵と、小さな絵皿がいくつもある、大きな机があった。いつも、そこで絵を描いているのであろう。

そして、本棚には、泉鏡花や、室生犀星、徳田秋声の全集や、竹久夢二の画集があった。この小柄な上品な老女は、なんと魅力的なのであろう。

この人が重い荷を持って行商をしていたら、男でなくとも、何とか力になってあげたいと思う事であろう。幾つかの絵を見せてもらい、余りの美しさに冴子は目を見張る思いがした。

そんな二人を、山崎は楽しそうに見ていた。時の経つのは早い。

薄暗くなって来たので、お暇《いとま》する事にした。

「園さん、どうか、お元気で……。お身体、大切になさって下さい」と言う冴子の言葉に、

「冴子さん、貴女も……。どうか、達也を宜しくお願いします」と、園は答えた。

山崎はそれを聞いて、苦笑した。

帰りのバスの中、

「どうして、園さんに、私を会わせたの?」と聞くと、

「冴子を連れて行く事で、今の僕を解かってもらいたかった」

冴子には、なんだかよく解からないが、ふと、こんな事を思った。

世の中って、どんなに進歩し、近代的になろうと、一人の人の歴史は、たかが七、八十年。人の心の歴史は、繰り返されるものなのだと……。

冴子は、山崎の手を取り、バスの窓の外の暗い街並を無言で見ていた。


金沢の駅に戻り、ホテルの近くにある、モダンな造りの創作居酒屋で、夕食をとる事にした。加賀、能登の旬の食材をふんだんに使った創作料理を食べ、北陸の地酒を飲んだ。

今夜の山崎は饒舌だった。

何れは、金沢に戻り、園さんと暮らしたいと……。

明朝は早いので、ホテルに戻り、山崎の腕の中でまどろむ事にした。

幸せに満たされ、心地良い男の体温の温かさに包まれ、いつの間にか眠りの世界へと、導かれて行った。


東京での慌しい生活に戻りながらも、金沢に想いが行き、園にお礼の手紙を書いた。

何時の間にか、冴子は自分の今の状況を書き綴り、そして、山崎が何時の日か金沢に戻り、園と暮らしたいと言う旨を伝えていた。

又、金沢の兼六園の桜が今にも咲きそう、というテレビのニュースを見た時は、冴子の今の想いを、五七五の俳句に書き表した。

薫り立つ　願い叶わぬ　桜かな

どんなに、美しく咲き盛《さか》る桜であろうと、望む香りは、得られないのである。

冴子にとっての香りとは、何であろうか。

文《ふみ》香《か》

園から返事の手紙が来た。微かに香のかおりのする和紙の便せんに達筆な文字で、

尾花とて　永遠に咲く花　無かりしを

人生は一度しか無い。どうか、貴女も自分を大切にして、悔いの無いよう、生きて下さい、と……。

仕事を終え、夜一人でいる事の多い冴子は、光の帰宅をアインシュタインと一緒に待ちながら、俳句の歳時記を読み、拙い俳句を作っていた。だんだんその数は増えていった。

それは、園への手紙に添える為でもあり、その五、七、五の十七文字が、園と冴子の間を結ぶ糸となったのだ。

何通目かの園の手紙に、達也の父が亡くなって、行商をしている時に知り合った、園が最愛とする蔦屋《つたや》重之助との事が、書き綴られていた。

彼の妻は、産後の肥立ちが悪く、精神までも病み、彼自身、諦めと後悔に自分を責め呵《さいな》み、苦しみ続けていた時であった。

他人が何と言おうと、二人は魅かれ合い、そして、愛し合ったのだ。

確かに、生活に疲れていた。しかし、園の荒れた白い手を、重之助の大きな両手が包み込み、やさしくさすりながら、「私の側に居て欲しい。そして私を助けておくれ」という激しい言葉が、何故か園の心を解かしたのだった。

少しでも、重之助の側に居たいと思った事などが、赤裸々に書いてあった。

重之助との生活は穏やかで、彼の影響で日本画や俳句の世界に目を向けるようになったそうだ。

遥か昔、重之助と知り合って間もなく、

「何故、私を愛してくれたの？」という園の問いに、

「茶器は、眺めているだけでは、本当の良さは、わからない。立てた茶を飲みながら、両手で愛《め》でて、より愛しくなるものだ」と、重之助は答えたのだ。

園は、「では、私は、気が向いた時だけ、箱から出される茶器ですか」と、意地悪を言うと、彼は豪快に笑い、

「茶器に生命を与えたいと、思ったのだよ。そして、自分にも……」と。

朧げであるが、冴子には重之助の男らしい姿が浮かぶのであった。

三月の半ばに、光は無事、卒業式を終え、車の免許を取りに教習所に通っていた。九月からの大学の新学期を迎える為、五月にはアメリカへ発つ予定であった。

アインシュタインとの別れが、名残惜しい光は、なるべく、彼との時を共有していた。利口なアインシュタインも、何かを感じているのであろうか。光が側にいないと、落ち着かなく、いつも光の姿を追っていた。

ある朝、朝食を取っている時、急に光は、「私がアメリカへ行く前に、ママの愛するおじ様に会わせて」と、いたずらっぽい瞳で、冴子を見つめ言いだした。そして、

「夕食に招待したら、どうかなあ……」と。

冴子は内心、驚いたが、

「そうね。貴女に安心してもらう為、一度、お招きするわ」と、うれしそうに言った。

あんなに頑《かたくな》であった光も、留学が決まった頃から、随分と精神的に余裕が出て来たように思えた。山崎との旅行にしても、いつの間にか、光の了解を得た上の事となっていた。

母親と娘の関係とは、娘の成長と共に、母子と言うより、お互いの秘密を共有しあう女友達に変わって行くものなのかもしれない。

光が、半年前の自分を幼いと素直に認める事が出来るようになったのは、親友の由香の

影響が大きいような気がする。

「娘として、母親を幸せにする事は出来ても、女としての母を幸せにする事は、悲しいけど、不可能なのよ」と、悩みを打ち明けた光に、親友の由香は言い切ったのである。

たとえ、自分の父親との愛が終わっていたとしても、母は病気という最悪の状態の時の別れであった。

世間からは、捨てられた母娘と、哀れみの目で見られるのであろうが、母は山崎との愛のお蔭で、生き生きとし、以前より美しくなったような気がする。

きっと幸せなのだろう。

光は、明るく、幸せそうな母の顔を見ているのは楽しかった。

桜が舞い散る四月の土曜の夜、山崎を招待した。

今回が初対面であるが、冴子から色々と話を聞いているので、

「初めまして、光です。やっぱり、私の想像していた通りの素敵な人だわ」と、光は明るく言った。

ラフなクリームのポロシャツに、グレンチェックのズボン姿の山崎も、

「初めまして、大学進学、おめでとう。これは僕から、プレゼントだよ」と、赤いリボン

のついた小箱を渡した。

「どうもありがとう。開けていい？」

「どうぞ」

箱の中には、臙脂《えんじ》色のモンブランの万年筆が入っていた。

「素敵……。私、欲しかったの。どうも、ありがとう。大切にするわ」

「この万年筆で、ママに一杯手紙を書いてあげて欲しい」

山崎のその言葉を聞いて、光は一瞬、何かを感じたのであろう。

「ママを、どうか宜しくお願いします」と、言ったのだ。

ついこの前まで、母と山崎の交際を納得出来ない、変なこだわりがあった事は事実だ。

それは、自分自身が幼かった為、何とか母を理解しようと頭ではわかっていても、感情が伴わなかったのだ。余裕が無かった。

しかし、自分の留学が決まり、一人残る母を思うと、不憫《ふびん》に思えて来た。

人を愛するという事は、たとえ母娘であっても、相手を思いやる事なのだ。

どうしたら、その人がより幸せになれるかと……。

山崎に家庭がある事はわかる。しかし、母の冴子を愛している事も、今の光には、よくわかるのであった。

山崎に会って良かった。

ママを愛してくれて良かった……。

十八歳の娘は、素直に心から思えたのである。


五月の連休明けに、光はアメリカへと発った。空港で見送る冴子に、光は、

「ママ、元気でいてね。アインシュタインをお願い。ママも、自分の為に生きて……」と、目に涙を溜め言った。

そんな光を抱き締め、

「ありがとう、光。帰りたくなったら、何時、帰って来てもいいのよ。元気でね」と言いながら、冴子の涙は止まらなかった。

光がいなくなってから、アインシュタインも十二歳という年の為もあるが、元気が無くなった。

山崎が何かと、電話をくれたり、訪ねて来てくれた。しかし、何だか緊張感の無くなった冴子は、仕事に行ってはいたが、何もする気力が無くなっていくのであった。

文《ふみ》　香《か》

そんな頃、園から来た手紙に、

陽炎《かげろ》いて　捕えて消える　幻か

重之助に早く会いたくなったと……。

ここの所、食欲が無くなったと、書いてあった。

冴子は仙台のかまぼこ屋に電話して、笹かまぼこを、御見舞いに送った。

少しでも、良くなる事を願いながら……。

この所、寝てばかりいるアインシュタインを心配して、なるべく早く帰るようにしていたが、たまたまどうしても、早急に作らなければならない書類があり、いつもより遅く帰宅した五月の木曜日。冴子をアインシュタインは迎えに来なかった。

リビングのお気に入りのタオルケットの上に横たわる彼の姿を見つけた時、冴子は驚きと、悲しみの余り、「アインシュタイン！」と叫んでしまった。

洋服も着換えず、膝の上に抱き、

「御免ね、御免ね」とくり返していた。

冴子の声に、うれしそうに尾を一振り振った。

「どうして……。可哀相に、アインシュタイン」と、話しかけても、目を開ける元気も無かった。

水を口移しに飲ませ、その夜は一晩中、撫でながら側にいた。

明け方、アインシュタインは死んでしまった。冴子は大粒の涙を流した。そして、光がアメリカに持って行ったのとお揃いの、犬の絵が描いてある、大きなバスタオルを掛けてやった。まるで、光に抱かれているかのように……。

翌日、仕事を休んで、ペットの葬儀屋に電話し、埋葬してもらった。

夜、光に電話し、アインシュタインの悲しい死を伝えた。

何と寂しい家になってしまったのだろう。この家は、冴子には大き過ぎる。

この家で、光の帰りを待とうと思ったが、寂し過ぎて、もういたくなかった。

思い出があり過ぎて、辛い。

手離そう、この家も……。

文《ふみ》　香《か》

翌日の土曜日は、化粧もしないで、一日中家にいた。

それでも、お腹は空くのだ。

ただ空腹を埋める為だけの食事を一人でした。そして、アインシュタインに、ドックフードと水をあげなければと、袋に手を入れている自分に、もう、彼はいないのだと、言い聞かせていた。

その晩は、ウイスキーの水割りを随分飲んだ。そして枕をぬらしながら、いつの間にか眠ってしまったのだ。

翌日、駅前の不動産屋へ行き、今の家を手離す相談をした。

少し時間がかかるかもしれないが、売れるであろうとの事であった。

家に帰った冴子は、夜遅くまで、溜め息をつきつき押し入れを片づけていた。

アルバムが出て来た。浩との結婚式の写真である。

幸せそうな若い二人。

まるで他人の結婚式の写真を見ているようであった。そして全部、紙袋に入れ、ガムテープを貼った。

明朝、ゴミに出そう……。

次に出て来たのは、光の赤ちゃんからの写真であった。かわいい光。私の娘。写真に接吻した。

見ているだけで、時が過ぎて行く。

光の声が聞きたい。

受話器をとって、夢中でダイヤルを回し始めた。

しかし、途中で指を止めた。

「光、会いたい……」

受話器を握りしめ、誰もいない部屋に、冴子の嗚咽が響いた。

それからの一週間は、冴子にとって、とても辛い日々であった。

光もアインシュタインも、冴子の大切な宝物である家族が、冴子の目の前からいなくなってしまったのだ。

仕事をしている間はいい。しかし、朝も夜も、本当に孤独である。

一人でいる事が、こんなに寂しい事だとは知らなかった。それだけ、今までが幸せだったという事なのだろうか。

山崎からの電話だけを心待ちにして過ごす、孤独な空間。

このままでは、自分自身、本当に駄目になって行く。その事だけは、冴子にもわかっていた。

しかし、何をしたらいいのであろうか。

本、テレビ、習い事、買い物、女友達との食事。どれを取っても面倒であった。

こういう状態を無気力というのであろうか。

休みの土曜日、きれいに片付けてある光の部屋に行き、ぬいぐるみが並んでいる光のベッドに座った。

光の明るい声が聞こえて来るような気がする。

「ママ、大好きよ」

涙が頬を伝う。

そんな時、電話が鳴った。

山崎からであった。今、金沢にいて、夕方六時過ぎには、冴子の家に寄ると言うのだ。

顔を洗って、鏡の中の自分に、

「きれいになって、あの人を迎えましょう」と、無理に微笑んでみせた。

化粧をし、半袖の赤のニットのセーターと黒のパンツを着、買い物に行く事にした。

今夜のメニューは何にしようかしら……。久しぶりに、料理を作る楽しみが湧いて来た。

金沢では和食でしょうから、中華にしましょう。くらげときゅうりの前菜に、青菜炒めと、エビチリを作ろう。

そんな事を思いながら、材料を買い、花屋で黄色の三分咲きのバラと霞草を買った。

光の好きなＨＩＤＥのバラードを聞きながら、食事の仕度も終え、花も活け、風呂も沸かし、ビールも冷やし、それからそれから……。

何時、山崎が来てもいいように準備が出来た。化粧を直し、赤い口紅を塗り、そして、本当に久しぶりに、玄関に電気を付けた。

六時過ぎに、チャイムが鳴った。

「はーい」と、明るい声で冴子は返事をし、ドアを開けると、そこには、大きなボストンバッグを持ち、やつれた山崎が立っていた。

「お帰りなさい。お疲れでしょう」と、やさしく言うと、

「ただいま。君に会いたくて、来てしまった」と呟いた。

山崎が風呂に入っている間に、食事の仕度をし、二人で、ビールで乾杯した。

「実はね。先週、母が入院したんだ。検査結果が出たので、担当の医者と話をしてきた」

「どこがお悪いの？」

「子宮ガンだ。それも四期の……」

自覚症状が出た時は、もう遅いのだ。

ただ、まだ体力があるので、手術は可能との事。ただし、開いても何もしないで、閉じる事もあると、言われたそうだ。

もっと早ければ……。

「僕が悪いのだ。母の健康を口ばかりで、健康診断に連れて行かなかった」

金沢の妹の緑が看病をしているが、緑は数年前に甲状腺を病んで、まだ薬を服用しており、余り無理は出来ないと言う。

山崎の会社は、今年に入ってから、経営状態が大分良くなって来たので、六月の総会で会社を辞める決心をしたと言う。

そして、後どの位の生命かわからないが、母と過ごしたいと……。

冴子にとって、とても聞きにくい事ではあるが、山崎の妻は金沢に行くのか、という質問に、山崎は、

「いいや、妻は絶対に行かない。人に尽くす女では無い。母にも、僕にも……もう終わっ

ている」と言ったのだ。

きっと、長い結婚生活の中で、心の歯車が一つずつ、ずれて行ったのであろう。そして、そのずれが、もう修復の出来ない状態になり、ただ、いたずらに時が過ぎて行っているのだろう。

この世の中には、色々な夫婦がある。全部の夫婦が幸せとは限らないのだ。冴子もそうだった。

「じゃあ、誰が園さんを看るの？」

「誰か頼むより他にない」

冴子の脳裡に園の顔が思い浮かんだ。園と交わした手紙は、もう十通以上になる。山崎は知らない。

園と冴子には、山崎に関係無く、女同士の友情とでも言える何かが、結ばれている事は理解できないであろう。

「私を金沢に行かせて」

「君に頼める事では無い」

今の冴子は、何に関しても、無気力であった。このまま一人でいたら、精神的にも、肉体的にも駄目になってしまう。

冴子を助けると思って、園の看病をさせて欲しいと、言った。

冴子は誰かに、必要とされたかった。

そして、必要としたかった。

一生懸命、心から園の為に尽くしたかった。この黄色のバラのように、一生懸命に咲きたかったのだ。

何らかの見返りを求めている訳では無い。

「僕に尽くしてくれればいい」と、山崎は勝手な事を言う。

違うのだ。

冴子が「ヘルパーと思って雇って」と言っても、首をたてに振らなかった。

せっかくの料理を、ただ食べ、飲んだ。

山崎はそして、珍しく酔って、先に寝てしまった。

冴子は、片付けをして、くっつけた布団にそっと寝た。

山崎の枕元に、園からの手紙の束を置いて……。

翌朝、まだ寝ている山崎を、そのままにして、冴子は朝食の仕度をし始めた。

中々起きて来ない山崎を呼びに行った。寝室の山崎は、一心不乱に、園からの手紙を読んでいた。

「お茶を入れたから、こっちに来て……」という冴子の言葉に、手紙を持って、リビングに来た。

「お早よう」と言い、熱いお茶を飲みながら、まだ手紙を読んでいた。

そして最後の手紙を読み終えると、冴子に、

「ありがとう。息子の僕が知らない事ばかりだ。こんなに君に心を開いているなんて」

「お腹が空いたわ。御飯にしましょう」と、明るく言った。

朝食を終え、一人で何かを考えている山崎は、

「母に決めてもらおう。僕には決められない」と……。

山崎から園へ連絡が行ったのであろう。二日後の朝、病室の園から電話があった。

「冴子さんに、私の側に居てもらいたいの。お願い。なるべく、早く来て」と。

それからの冴子は忙しかった。

事務所の先生に、退職する訳を正直に話した。先生は、冴子の為を思うと残念だが、冴子自身が望む事をするのが一番と、言ってくれた。

そして、もし東京に戻って職を探す時は、自分にまず、声を掛けてくれ、とまで言ってくれた。

「力になるよ……」と。

先生には、感謝してもしきれない程の、温かい心を頂いた。

光には、手紙を書いた。

自分の心を、まるで光に話しかけるように、何枚も書いた。

光が戻って来る事は、本当に望んでいなかった。

自分で考え、自分で決め、自分の生き方を探したかったのだ。

手紙を出してから、どうしても、光の声を聞きたくて、電話をしてしまった。

光の頑張っている元気な声を聞き、安心した。

「ママも頑張ってね。でも無理はしないで。お年なんだから……」と。

不動産屋へも行った。

暫く留守にするので、冴子から連絡を入れるという事にした。

又、二、三日分の着る物を入れた荷物を作り、後は宅配便で金沢に送った。

そして、最後に母の所に寄り、金沢へ行く事を話した。

光が留学し、アインシュタインを亡くしてからの冴子を、一番身近に見ている母は、冴子が何か自分の中での充実感を求めて園の所へ行く事に、反対はしないが、何もかもが終わった時、今より虚無感が強くなる事を心配した。しかし、そこには、山崎との愛が介在する事に、同性として渋々、納得したのであった。

母親とは、そんなものだ。

どんな時でも無条件で、最大の味方になってくれる。

「心配しないで。自分の為に、そうしたいの」

「冴子は、まだ若いんだね」

無気力から、立ち直ろうとする、あり余るエネルギーをもて余しているのかもしれない。

翌朝、東京駅で山崎と待ち合わせ、上越新幹線の中で、暫く振りに色々と話をした。

園は、金沢の家の一部屋を、冴子の為に用意してくれた。

そして、園が子宮ガンである事を、告知していないという事も……。

昼過ぎに金沢の駅に着いた二人は、食事をし、園の待つ病院へ直行した。

金沢の駅から近い大学病院の病室で、四ケ月振りで園と会った。

大きなベッドに横たわる園は、より小さく見えた。

うとうととまどろんでいた園は、人の気配に目を開け、二人の姿を見つけるとうれしそうに、

「冴子さん、よく来てくれたわ。ありがとう……」と、食欲が無い為か、力の入らない声で言った。

痛々しい園の姿に、冴子は一瞬、胸に熱いものが込み上げて来そうになったが、笑みを浮かべ、

「こんにちは。お加減は如何ですか」と、明るく言うと、

「貴女を待っていたの。どうしても手伝ってもらいたい事があるのよ。急がなければ……。時間が無いの。私……。私の遣《や》り掛《か》けの句集を、完成させたいの」

初めて聞く園の言葉に、冴子よりも、山崎の方が驚いた様子であった。

園の書斎の本棚にノートが一杯あるそうだ。そして机の引き出しには、まとめた原稿用紙が……。

三分の二は選んだが、まだ残っている、と言う。

それが心残りで、死んでも死にきれないと言うのだ。

「どうか、お手伝いさせて下さい」と言う冴子の言葉に、園はうれしそうな顔をし、

「今日はゆっくり休んで、明日からそのノートを何冊か持って来て欲しい」と言った。

冴子は、山崎と一緒に金沢の主のいない園の家へ行った。

バスの中で、

「お袋が、君を必要とした訳がわかった」

「私なんて、まだ俳句の事、何もわかっていないのに、大丈夫かしら」と、一抹の不安を覚えた。

「お袋は、冴子に手伝って欲しがっているのだよ。君でなければ駄目なんだ」

「うれしい。私を必要としてくれる事が、こんなにうれしいとは、思わなかったわ」と、まだ大きな試練の困難さを知らずにいた。

文《ふみ》　香《か》

家は、通いのお手伝いさんがきれいに掃除してくれていた。冴子の使う和室には、よく干した布団が置いてあった。

荷物を置き、お茶を飲んで少し休んだ後、山崎に案内されて、近くのストアーや薬屋を教えてもらった。

二人、腕を組んで、夕食のおかずを買い、改めて、山崎と二人で過ごせる夜に心が弾んだ。

家に戻ると、山崎の妹の緑から電話があり、妹夫婦が訪ねて来た。

緑はやはり小柄で、病弱な感じがしたが、園に似て、美しいやさしい人であった。

一目でお互いに好意を持った事がわかった。緑の夫も実直そうな人であった。

緑は冴子に、

「母の事、宜しくお願い致します」と、手をついた。

冴子は、何故、自分が金沢の園の所へ来たか、ありのままを素直な心で話した。

そして、日曜日は緑が病院に行く事とか、洗濯物とか、色々な事を取り決めた。

二人が帰った後、冴子が簡単な夕食を作っている間、山崎は母の書斎に入っていた。

冴子を呼ぶ声に、急いで行くと、ノートを出して、真剣な顔をして読んでいた。

「僕には、俳句の事はわからないが、鳥肌が立つような、母の想いが伝って来る。もっと早く、母の事をわかっていれば、又、違ったかもしれない」

「貴方は、これから園さんに尽くしてあげればいいのよ。そうでしょう」と、やさしく言った。

その夜は、二人で風呂に入り、そして、静かな金沢の夜を、山崎の腕の中で過ごした。

冴子は幸せであった。

翌日、冴子は園のノートを何冊かと、筆記用具を持って、山崎と病院に行った。

山崎は総会の準備がある為、東京に戻らなければならない。病院の外来の待合室で座り、山崎は一冊の通帳とキャッシュカードを手渡し、園と冴子の必要な物を買うようにと、そして、何かあったら会社に電話を入れる事、又、余り無理をしないようにと、言った。

冴子の手を摑み、「母を頼む……」と言い、東京に戻って行った。

病室で園の身体を熱いタオルで拭き、パジャマを着換え、洗濯している間、園は起きてノートの句に印を付けていた。

そして、印の付いた句に訳を書き込み、それを、冴子は家に帰って清書するのだ。

園の字の癖《くせ》は手紙のやり取りで、それ程苦では無かった。

一段落すると横になり、冴子は果物やヨーグルトを食べさせた。

しかし、検査のあった日は、体力が消耗し、起きる事は無理な為、冴子が俳句を読み、園の言う事をノートに書き込んだ。

園の腹部は、最初の頃より大きくなっている。

手術の日が決まった時、園は冴子に、

「私、手術を受けたら、この句集が間に合わないような気がするの。冴子さん、私、本当に良くなるのかしら。私、ガンなんでしょう。本当の事、教えて」と、言ったのだ。

「私は、達也さんから、子宮の腫瘍で、取れば良くなると、お聞きしています。手術まで、まだ日があるから、様子を見ましょう」と、園のお腹をさすりながら、諭すように冴子は言った。

「あー。気持がいい事。冴子さんが、お腹をさすってくれると、ほっとするの」と……。

園は子供のように、冴子に甘えてくる。

そして、夕食を合図に帰るのであった。

夜、一人で食事を終え、机に向かう頃、山崎から電話が入る。

今日一日の出来事を話すのだ。

一日がなんと早いのであろう。

駆け足で過ぎて行く。

園のノートは、まだまだ残っている。

冴子は内心、焦りを感じ始めていたが、園の方が、もっと辛いはずだ。

日曜日も休まず、毎日冴子は病院に通った。

緑も、園と冴子の時間を大切にする為、洗濯や買い物を手伝ってくれた。

最近は、園は食事に余り手を付けなくなっていた。ヨーグルトやアイスクリームも半分食べるであろうか。

お茶ばかり飲みたがった。

冴子が帰った後も、ベッドに横になりながら、ノートに書き込んでいたのであろう。清書する量が増えていった。

土曜日に、山崎が来た時、園のやつれた姿を見、驚いた様子であった。

その後、主治医に会いに行ったまま、中々帰って来ない。

戻ってきた山崎は園に、手術の為に、体力をつけるべき点滴が始まる事、又、俳句は冴子のいる二時間だけにする事と、医者に言われた事を伝えた。

「それでは、間に合わないのよ。手術しても、良くならない事は、私が一番わかっているの。もう、お腹を開けても、閉じるだけ。無駄な事はしないで」と、園は言う。

「しかし、母さん。手術をしないと、もっと悪くなるんだよ。元気になってからだって、俳句は出来るよ」と山崎が言う言葉を、園は目を閉じて聞いていた。

園の目尻に、涙が一筋、流れた。

「お願い。手術を中止して」と。

お腹をさすっていた冴子は、タオルで園の涙を拭いてやった。

冴子は、園の前で泣いてはいけないと思いながらも、涙が勝手に出てくるので、トイレに行く振りをして、病室を出た。そして、廊下の隅で窓から外を見ながら、泣いた。

いつの間にか山崎が来て、後ろから肩を抱き、

「手術をしても、良くならないのだよ」と一言、言ったのだ。

病室へ戻ると、園は老眼鏡をかけ、いつものようにノートに印を付けていた。

冴子が乾燥機の中の洗濯物を取りに行っている間、園と山崎は何か話をしていた。

冴子が戻って来ると、山崎は又、主治医の所へ行った。そして、夕方、二人は家に帰る事にした。

一月に、園に初めて会った日の夜に行った、創作居酒屋で食事をして帰った。

山崎は家に着くなり母の寝室へ行き、何か捜し物をしていた。

冴子は風呂を沸かし、園の書斎ですぐに机に向かった。風呂から出た山崎も、椅子を持って来て、一緒に手伝ってくれた。

いくら書いても、きりが無い。

夜も更けて来たので、もう休む事にした。山崎の布団の中に冴子も入り、暗闇の中で男の鼓動を聞きながら、静かに話す山崎の声を聞いていた。

「手術は中止にした。ただ、いつの日か、近い将来、痛み止めのモルヒネを打つ事になる。そうしたら、もう俳句は出来なくなる」

「もし、手術をしたら？」

「残念ながら、同じだ。もうリンパに移っている」

「そうしたら、どうなるの？」

「どうなるのだろう」

冴子は溜め息をつき、園の想いは、そしてこの句集はどうなるのだろうか、と不安と悲しみに涙が溢れ、悲しい声となって響いた。そして、山崎に抱き締められ、

「お願い……。今だけ、忘れさせて」と、うわ言のように繰り返す冴子に、山崎も愛しさ

と、悲しみをぶつけるかの如く、肉欲の世界へ溺れて行った。

冴子は久しぶりで良く寝た。

山崎が起きて、朝食の用意をしている事も知らず、よく寝ている冴子の姿を見た彼は、上着から手帳を取り出すと、東京の高木に電話をした。

すると、高木の妻が出、夫は金沢の実家へ帰っていると言い、実家の電話番号を教えてくれた。実家へ電話すると、高木が出た。

母の事を話し、句集を作る手伝いをして欲しいと頼むと、快く承諾してくれた。そして早速、二時に病院で会う事になったのだ。


冴子を起こし、シャワーを浴びている間に、目玉焼きと、味噌汁を作った。

冴子はテーブルの上の朝食を見ると、

「素敵！」と喜び、

「私、頑張るわ」と明るく言う冴子は、化粧も無い素顔であるにも拘らず美しかった。


昼過ぎに病院に着いた二人は、園のほとんど手を付けていない昼食を見た。

「メロンが食べたい」というので、山崎は買い物に行く事にした。

園が、「達也、あれ、持って来てくれた?」と言うと、山崎は上着のポケットからビロードの宝石箱を取り出し、手渡した。

園は中を見、そして閉じて、

「冴子さん、これを貴女に……」と手渡した。

冴子が宝石箱を開けると、中には、小指程もあるグリーンのエメラルドにダイヤをちりばめた美しい指輪が入っていた。

重之助からもらった、一番大切な指輪だと言う。

「そんな大切な物、頂けません」と言う冴子に、

「いいの、私からのお礼よ。貴女にしてもらいたいの」

「冴子、してごらん」と言う、山崎の言葉に左の薬指に塡《は》めてみた。

キラキラ輝くエメラルド。

きれい……。

「とても良く似合うわ」

「ありがとうございます。大切にします」

文《ふみ》　香《か》

冴子はうれしそうに言った。

山崎が買い物に行っている間、いつものように熱いタオルで園の身体や頭を拭き、山崎の学生時代の友人が来ると言うので、新しい紫の花柄のパジャマを着せた。そして髪を梳《と》き、うっすらと紅を差した。

「園さん、とてもきれい……」と言う冴子に、うれしそうに、「ありがとう」と言った。

メロンと缶ジュースを買って来た山崎が、「おっ、きれいだね」と言うと、
園はうっすらと、紅色に頬を染めた。

その様子を見ていた冴子が、

「私も年をとったら、園さんのようになりたい」と素直に言う冴子に、山崎は温かい笑みを浮かべた。

二時に高木が来た。

園と冴子を紹介すると、早速、ノートを見せた。十分もノートを読んでいただろうか。

突然、顔を輝かせた高木が、

「貴女が、僕が恋焦れていた、俳句の君だったんですね。おい、山崎。何時かお前に話しただろう。奇遇だ！　本当に奇遇だ！」

山崎も、あの時の女《ひと》が冴子だと、改めて紹介した。

そして、数年前に、東京で二人で飲んだ時の話を山崎がすると、園も高木の俳句に魅かれ、俳句を作るのが楽しかった、と言う。

「これも何かの縁でしょう。ぜひ、お手伝いさせて下さい」と、園の手を取り、「僕に任せて下さい」と高木は真剣な顔をして言った。

園の印の付いたノートを何冊か持って、帰って行った。

園はうれしそうに、

「良かった」と言い、

「疲れたわ」と目を閉じた。

お腹に手を当てると、かなり大きく、そして熱い。

冴子は時計の針と同じ方向に、やさしくお腹をさすった。

園は安心したのであろう。穏やかな表情で寝息をたてていた。痛みが出ているので、さすると気持がいいのかもしれない。

園が休んでいる間、待合室で、

文《ふみ》　香《か》

「高木は信頼できる男だから、出版の件は、奴にすべて任せて、大丈夫だ」と言った。

そして、今週の金曜日の総会が終わったら、急いで戻って来るから、それまで、一人で頑張って、園の側に居てくれと……。

冴子は、

「大丈夫、私、強くなるわ。後悔したくないもの……」と言った。


冴子は、高木と電話で連絡し合い、今までのノートと、原稿用紙を渡した。

園の意識のある中に、何とか完成させたいと、高木は一生懸命であった。

毎日、園の病室に行く冴子は、点滴の栄養が、すべてガン細胞に行ってしまうのではと、思う程、衰えていく園に献身的に尽くすのであった。

明日は総会という木曜日。

熱のある園の頭の下には、氷枕が置かれ、腹部にもアイスノンを二個も置き、細い腕には何本もの点滴が打たれていた。

うつらうつらしている園のお腹をやさしくさする冴子の顔を、時々目を開けては力無く微笑む園に、昨夜山崎と電話で交わした話をした。

虫が知らせたのであろうか。

「今伝えなければ」と冴子は思ったのだ。

「達也さんが昨夜、僕を産んでくれてありがとう、とお袋にお礼を言いたいと言ってました。私が言った事、内緒にして下さいね」

それを聞いて、園はうれしそうに、

「達也がそんな事を言ったの?」と冴子に聞き返して来た。

又、うつらうつらとまどろんでは、

「ねえ、冴子さん、達也は何と言ったの?」と言う。

「僕を産んでくれてありがとう。そして、育ててくれてありがとう。と、言ってました」

と、やさしい声でゆっくりと冴子が言うと、

「うれしい……」と園は一言、言った。

そして、それが最後の言葉となったのだ。

肺炎を起こし、翌朝早くに、冴子に手を取られ亡くなった。

緑も病院からの連絡で駆けつけた。

午前中の総会を無事終えた後、急いで金沢に戻る山崎は、車中で何を考えていたのであろうか……。

病室では、きれいに身体を清めてもらい、化粧の最後を飾る口紅を、冴子が紅差指で、園の愛らしい唇に塗った。

なんと美しい園であろうか……。

眠るような園を家に連れて帰った。

葬儀の事は緑の夫がしてくれた。

山崎は家に着くや、園と対面し、男泣きに泣いた。冴子も泣いた。

妹夫婦と山崎と四人で、夜更けにお茶を飲みながら、園のこの数日の状態を冴子は細かく話した。

そして、山崎の大切な伝言を園に伝えた事を告げた。

明朝、冴子は東京に戻る事を言うと、皆は、冴子を俳句の愛弟子という事にして、式に出て欲しいと、言ってくれたが、冴子の帰る決心は変わらなかった。

愛する山崎に迷惑をかけたくなかったのだ。

妹夫婦が帰った後、園の前で、山崎は、

「必ず迎えに行くから、待っていて欲しい」と言ったのだ。

翌朝、冴子はお線香をあげ、涙ながらに園に別れを告げた。

「園さん、ありがとうございます。私も貴女のように、一生懸命、生きて行きます……」

と。

上越新幹線の中で、次から次へと、見送ってくれる山並を見ている冴子の耳に、

「冴子さん、ありがとう」という園の声が、木霊《こだま》のようにリフレインした。


最寄りの駅から自宅へと向かう道すがら、梅雨明けに近い、まるで真夏を思わせる青空の激しい程の日差しに、冴子は心が洗われる思いがした。

今の冴子には全身に浴びるこの太陽の恵みが、生きる活力となっていた。

私は生きている。

生きて行きたい……。

冴子の心に、魂の叫びが聞こえていた。

文《ふみ》　香《か》

誰もが、平等に与えられている死というものが訪れるその日まで、生きて生きて生き抜いて、その時を静かに受け入れたいと思ったのだ。

ろうそくが燃え尽くし、炎が消えるように……。


園の四十九日の法要の日、輝くような紅色の花がまぶしい、さるすべりの木々に見守られた園の墓に、山崎と、あのエメラルドの指輪をつけた冴子の二人が揃って手を合わせた。

墓には、園が描いた大好きな緋寒桜の表紙の句集が置いてあった。

園は何時書いたのであろうか。

句集の後書きに、冴子へのお礼と、冴子と山崎の幸せを願う、温かい園の想いが書かれてあった……。

著者プロフィール

紫藤 錬鳳（しとう れいほう）

飲食店経営。３月生まれの魚座。宝塚歌劇団の隠れファン！　食べる事、料理を作る事大好き。

紅《べに》差《さし》指《ゆび》

2003年６月15日　初版第１刷発行

著　者　紫藤 錬鳳
発行者　瓜谷 綱延
発行所　株式会社文芸社
〒160-0022　東京都新宿区新宿１−10−１
電話　03-5369-3060（編集）
03-5369-2299（販売）
振替　00190-8-728265

印刷所　図書印刷株式会社

ISBN4-8355-5831-6 C0093